大陸を駆ける十字架

日中戦争・
アジア太平洋戦争を
生きた女の日記

松沢直樹

高文研

右：子ども（著者の伯父）を抱いている女性が祖母・中垣アサエ
左：祖父・中垣吾一（写真提供〈2点とも〉：松沢直樹）

読者のみなさまへ

今から八十年近く前、日本は戦争の時代のさなかにありました。残念ながら月日とともに、その記憶を持つ方は減り、かの時代の史実は風化が進みつつあります。

本作は著者の祖父である吾一と祖母のアサエの物語です。当時としては珍しく海外で出会って恋愛結婚した二人は、幸福な毎日を送っていました。

その生活を飲みこんだ戦争という史実と、それを乗り越えた二人の絆を描いた物語です。

本作を通じて二人の愛情とたくましさに胸を躍らせるだけでなく、凄惨な戦争の現実を通じて平和の尊さに思いを馳せていただければ幸甚《こうじん》です。

松沢　直樹

もくじ

本作では、現代においては差別用語とされる言葉がたびたび出てまいります。
これは史実を正確に本書にとどめるためのもので差別的な意図ではありません。
なにとぞご理解のほどをお願い申し上げます。

著者しるす

ベルリンへ

「もう、それくらいにしとかんね。今時の若いもんに戦争のころの話を聞かせたところで、何もわかるわけがなかろうが」

夫から叱《しか》られて、私は話をやめた。たしかに夫の言うとおりだ。毎年夏に孫が遊びにくると、私たち夫婦が経験した戦争のことを話すようにしている。きっと、平和で物があふれる時代に育った孫が、私たち夫婦が経験した戦争のことなぞ理解はできないだろう。だからといって何もせずにいれば、あの悪夢の時代がまた忍び寄ってくるのではないだろうか。現に、海外で出会った私たち夫婦は誰よりも早く情報が手に入る恵まれた環境にあった。それなのに軍靴《ぐんか》の音が迫る気配すら感じとることができなかったのだから。

私も八十歳を過ぎた。たぶん、あと十年も生きてはいられないだろう。どうかどうか、若すぎる孫たちが、私たちと同じ轍《てつ》を踏まないように。あの時代が二度と来ないように、どのようにしてこの国があの忌《い》まわしい時代に足を踏み入れたのか。大事にしまっていたあのころの日記をもう一度開いてみよう。

＊　　　　＊

「アサエ様、中垣《なかがき》家の長女ともあろうお方が馬で女学校に通うなど、断じてなりませぬ。今すぐ降りてくださいい！　お父様から、またお叱りを受けますよ！」

「大丈夫よ、馬から落ちたことなんて一度もないもん。遅刻しそうだから、ごめんあそばせ」

踵《かかと》で馬の腹を軽く蹴ると、すぐにお手伝いさんの声が遠のいた。馬がスピードを上げるにつれ、街を歩く人たちが勢いをつけて後ろへ流れていく。馬上で感じる久留米《くるめ》の風は春めいた匂いを増していた。その匂いが濃くなるということは、高等女学校卒業後の決断を迫られているということでもある。穏《おだ》やかな陽気とはうらはらに、私の心は曇《くも》るばかりだった。

私は一九一〇（明治四十三）年に生まれた。実家は福岡県久留米市で紡績《ぼうせき》会社を営む、裕福な家だった。祖父は福岡県南部の筑後《ちくご》平野で産出する米を柱に、蝋《ろう》、藍染《あいぞ》め、茶などで二十一万石の経済力を擁《よう》した久留米藩の重臣である。また、明治維新と廃藩置県で世が荒れる中、最新の西洋式紡績技術を取り入れた。そして、いち早く大規模な工場を作って、一代で莫大《ばくだい》な利益を得た商才に長《た》けた人物でもあった。

父の利蔵《としぞう》は祖父が立ち上げた工場を引き継ぎ、生糸から絹糸を生産する久留米紡績という会社を立ち上げた。さらに家業を発展させることに成功したわけだが、名誉欲も人一倍強かった。キリスト教が禁教だった江戸時代に代々密かに信仰を貫《つらぬ》いた家に生まれ育ったこともあったのだろう。

なにしろ、江戸時代のキリスト教徒はまさに日陰者《ひかげもの》であった。たとえ藩の重臣であっても、信者であることが発覚すれば、家はとり潰され、一族郎党《いちぞくろうとう》死罪はまぬがれない。そのため信仰活動は息をひそめるように行われていた。仏壇に似せて、聖母マリアやキリストの像を安置した祭壇を祀り、日が暮れてからひそかに集まってミサを行う。唯一、監視の目が緩くなるのは、仏教のお盆と日付が重なる、八月十五日の聖母被昇天《せいぼひしょうてん》の祝日（キリストの母である聖母マリアが天に召されたとされる日）であった。だが、信者の間で配る饅頭《まんじゅう》に十字架《ロザリオ》に見立てた小さな十字の焼き印を入れることですら、死と隣り合わせの緊張を強いられた。

それが明治の世になったとたん、欧州の進んだ知識や文化に触れることができる進歩的な教えとして、キリスト教徒が羨望《せんぼう》の的となった。祖父も父も我が世の春を得たような気分だったろう。父は家業が拡大するにつれて、家の名を知らしめて社会の本流に乗りたいという欲望をあらわにするようになった。その最たるものが、私を華族や財閥の男性へ嫁がせることだった。財閥や華族と姻戚《いんせき》となり、会社の知名度を上げ、さらに出資を求め、家業を発展させるという算段だった。

現在の中学一年生から高校二年生の女子を集めて教育していた高等女学校は、良妻賢母《りょうさいけんぼ》となる女性の育成を目的とした学校である。父が私を高等女学校へ進学させたのは、華族や財閥の妻にふさわしい女性になることを願ったのが表向きの理由だ。本当の理由は、私が花嫁修業どころか、一向《いっこう》に女の子らしいふるまいをしようとしないことに業《ごう》を煮《に》やしたからだった。なにしろ私といえば、小さいころから男勝《おとこまさ》りで怖いもの知らず。おままごとなどにはまったく興味を示さず、近所の男の子たちを引き連れては野山を駆けまわるおてんばな女の子だった。高等女学校に入学した後も相変わらずで、私は馬で学校に乗り付けたり、県立中学の男子学生になぎなたで試合を挑《いど》んだりと、相変わらずのおてんばぶりを重ねていた。

父は、私のふるまいには黙認を続けていたが、卒業が迫ると態度が一変した。毎日のように華族や財閥といった名のある家柄の男の人とお見合いを勧めるようになったのである。当時の久留米は、十五歳から十七歳になれば、親に勧められた人と結婚するのがふつうだったから、当然の流れとも言える。だが私は、いくら親の勧めであっても、愛情を持てるかどうかもわからない人と結婚することなど考えることもできなかった。なにより自分が、華族や財閥と姻戚関係を結ぶための道具にされることが我慢ならなかった。

今日も女学校から戻って工場で機械の調子を見ていると、父がしつこく見合い話を勧めてきた。もちろん断ったが、何度も食い下がって譲ろうとしない。

「まあ、そう言わんでっさい。会うだけ会ってみんね。山崎さんは財閥の御曹司《おんぞうし》というだけじゃなかとぞ。男前で気性のよか人やけん。山崎さんは、おなごのほうから嫁にもろうてくれと言い寄ってくるほどの男前なんに、アサエさんにぜひ会わせてくださいと言ってくださっとるんじゃ。もったいなかお話ぞ。だいたいこれ以上もたもたして、嫁のもらい手がなくなったらどうする。

高等女学校も出してやったけん、十分やりたいことはやったじゃろうが？」

「何度勧められても、いやなものはいやです。お見合いは会ったが最後、女のほうから断るわけにはいかないでしょう？」

「あいにく僕は、そういう古臭い考えは好きではないんですよ」

「やや！　山崎様、わざわざ足を運んでいただくとは恐縮です。こらアサエ、きちんとあいさつばせんか」

父が聞いたこともない恐縮しきった声を出したので振り向いてみると、乗馬服に身を包んだ男性が立っていた。お見合い写真で見た山崎財閥の御曹司だった。たしかに美男子だが、馬を操る鞭《むち》をもて遊ぶ様といい、長髪をかきあげる様といい、過剰に自信家めいた雰囲気がなんともいけすかない。

「勝手に工場に入り込んで申し訳ない。馬の稽古《けいこ》の帰りに近くを通ったものですから。アサエさんをいただくご相談をしようかと思いましたが、どうやらまだ時間がかかりそうですね」

なんとも失礼な人だ。勝手に人の家の敷地に入り込んだうえに、女性を物あつかいする物言いをするとは絶対に許せない。

「山崎さん、この際ですからはっきり言わせていただきますが、私はあなたに嫁ぐつもりなどさらさらありません。だいたい女性を物あつかいするような言い方をしておきながら、古臭い考えも何もあったものではないですね」

私が山崎さんに食ってかかると、彼は高々と笑って言った。

「これは失敬《しっけい》。配慮が足りませんでしたね。私は女性を物だなんて思っておりませんよ。結婚はあくまで二人の心が通うことが大事だと考えています。私はアサエさんと家庭を築きたいと考えています。ですが、無理強いをすることはしません。良いお返事をいただけるまで待ち続けるつもりです。では、今日はこれで」

私は父から逃げるようにして工場から母屋《おもや》へ走った。父は怒号を上げながら追いかけてくる。自分の部屋に逃げ込もうとしたが、取り押さえられてしまった。

「お前というやつは……山崎さんになんてことを言うてくれたんじゃ。もう我慢ならん。そこまでわしの気持ちを無下《むげ》にするなら、勘当《かんどう》じゃ。どこでも出て行け！」

今まで見たことがない父の激昂《げっこう》に私は焦った。とはいえ、下手に謝れば間違いなく好きでもない人と結婚させられてしまうだろう。とっさに私は父の機嫌を取った。

「お父様、よく考えてください。私はお父様の考えに反対しているわけじゃなかとです。うちの工場を弟たちが引っ張っていくにしても、あと十年はかかるでしょう？」

兄が結核で亡くなった後、父が家業の紡績工場の経営を盤石《ばんじゃく》にすることに気を揉《も》んでいたのは気づいていた。私には弟が二人いたが、一番下の弟が尋常《じんじょう》小学校に上がったばかりだった。

そのため、父が私を華族や財閥の男性に嫁《とつ》がせて姻戚関係を築き、資金面でも経営面でも今より強固《きょうこ》にしたいと考えるのは自然な成り行きとも言えた。

「お父様は私を山崎財閥に嫁がせて、この工場の経営を盤石にさせたいと考えとんしゃあとでしょう？　本当にそうなるでしょうか？　私が嫁に取られただけで、この工場は顧《かえり》みられなくなるか、出資を受けたが最後、乗っ取られたりする目に遭《あ》わないですか？」

父は唸《うな》ってしまった。十七の小娘に論破《ろんぱ》されるくらいだから、財閥や華族の方と姻戚関係を築こうものなら、我が家の工場は簡単に巻き上げられてしまうだろう。

「では、どうするというんじゃ」

「ドイツへ勉強に行かせてください」

「ドイツじゃと？」

「はい、ベルリンで最新の紡績技術を学んできます。最新の技術を身につけて、私たち家族だけでその技術を握ってしまえば、私が華族や財閥の方へ嫁いで資金援助をしてもらっても、この工場を乗っ取ることはできなくなるでしょう？」

年配者から見れば、ドイツは大日本帝国が第一次世界大戦で打ち破った敗戦国であった。頭が固い人物なら、敗戦国へ留学する必要などないと言い出すだろう。だが、久留米は第一次世界大戦時の俘虜《ふりょ》収容所があり、ドイツ人には馴染《なじ》みがあった。父が久留米俘虜収容所に通って、彼らの技術を学んでいたこともよく知っていた。そのことを思い出して私は賭けに出たのだった。

「なるほど、それは良い案だが……」

父がいぶかしがっているのを無理やり埋めるように、私は言葉をつないだ。

「ただし、期限は二年間だけ。私もお嫁に行きそびれるのは嫌ですから。ドイツの最新紡績技術を学んで、あちらの技術者を招く手はずを整えたらすぐに帰ってきます」

「よかろう。ばってん、お前の婿《むこ》さんは、わしが決めさせてもらうぞ」

答えに詰まった。嫌だと言えば、今すぐお見合いをごり押しされてしまうだろう。まあいい。二年もあれば、なにかいい方法が浮かぶだろう。そう考えて父の提案を了承した。そもそも私は、家業を栄えさせるつもりなどまったくなかった。窮屈《きゅうくつ》な考えを押し付ける父のもとを離れ、しばらく自由に暮らしてみたかったのだった。そして一九二七（昭和二）年の春、高等女学校を卒業すると、私は単身ドイツ・ベルリンへ渡ることを決めた。必要最低限の荷物と旅券、そして聖書と十字架《ロザリオ》を携《たずさ》えて。


父に反抗してみたものの、私は自分の世間知らずを思い知った。高等女学校の卒業に合わせて、ドイツへの留学を決めた。だが、留学手続きはおろか、旅券の取得、横浜経由の欧州航路の切符の手配、とにかく何一つ自分でできないことに愕然《がくぜん》としてしまった。

「ドイツ行きの手配を一切合切《いっさいがっさい》、自分でやると啖呵《たんか》を切ったが無様《ぶざま》じゃのう。まあええ」

父はまるで書店に書籍を注文するかのごとく、福岡県知事の秘書に旅券発行の手続きを頼み、また、再興したばかりの日独文化協会経由で、ベルリン大学で聴講する許可を取り付けてくれた。日独文化協会は、日本とドイツの企業、大学などの学術団体が運営する団体で、事実上の大使館のような働きをしていた側面があった。つまり、ベルリン大学での聴講生手続きだけでなく、旅券を自分でとるためのアドバイスももらえたはずである。まさに面目丸つぶれだったが、私といえば、そこまでおぜん立てしてもらったにもかかわらず、ドイツはおろか、博多駅まで出たら、人の多さに目が回るのを覚える始末だった。

「すみません。横浜へはどうやって？」

「横浜かね？　門司《もじ》まで出た後、下関《しものせき》へ船で渡って、東京行きの特別急行列車だが。どうでもよかばってん、お嬢さん、あんた一人でそんな遠出《とおで》するんかね？」

おそるおそる父から手配してもらった切符を、国鉄職員に見せると態度が一変した。

「こりゃ失礼しました。下関から一等旅客の切符をお持ちでしたか。では、門司行きの乗り場までご案内しましょう。ところで、横浜までは長旅ですから無理せんごとされてください」

駅員に荷物を運んでもらって列車に乗り込んだが、周囲の乗客の視線に私はまごついた。一等旅客車と駅員から聞いていたのに、客車はすし詰めの状態である。なんのことはない。父が切符の手配を間違えていて、久留米から門司までは普通列車の切符が手配されていたのだった。大多数の乗客が垢《あか》じみた着物という姿だったが、私はいかにも洋行《ようこう》にでかけるような小洒落《こじゃれ》た洋装にトランクという出《い》で立《た》ちである。場違いな雰囲気に気まずくなった時だった。乗客の一人が私に声をかけてきた。

「こっちに荷物を置いたらよかよ」

振り向くと、私と同い年くらいの少女が気さくに笑いかけていた。

「さ、はやく。もたもたしとるともっと人が乗ってきて、その洒落《しゃれ》たトランクがつぶされるばい」

ためらっていると、彼女は自分の隣の席に着くように促《うなが》した。

「ありがとう」

「あんたの行き先を当ててみようか。横浜でしょう?」

勧《すす》められるままに彼女の隣に座った時だった。何も言わないのに、自分の行き先を当てられて驚いてしまった。

「なんでわかるとですか?」

「その格好みれば、誰だってわかるやろうもん。いかにも洋行するみたいな服を着とるもんねえ。洋行するなら、行き先は神戸か横浜しかなかろう? トランクが大きいから荷物が多い。ということは、神戸より遠い横浜かなと思って」

「あなたはどこへ行くん？」

「私？　私は京城《けいじょう》（現在の大韓民国ソウル市）。下関から船で釜山《プサン》へ渡って、京城に帰るんよ」

「京城かあ。いい街らしいですよね。旅行雑誌で見たことがあるだけやけど」

「街並みが少し博多と似たような感じがあるかな。うちは博多に働きに来たっちゃけど、なんだかんだで頑張れたのは博多が京城と似たような雰囲気があるからやと思っとるんよ。うちはユナ、十七歳。あんたは？」

「アサエっていいます。うちも十七歳です」

「なんね、同い年かぁ。偶然やね」

私とユナの間で小さな笑いがこぼれた。列車が動き出してすぐに、誰かが窓を開けたらしい。木々が芽吹《めぶ》いた香りを乗せた春の風が、私たちの頬《ほほ》をなでた。

「二年間、日本で働いてお金を貯めたけん、朝鮮の家族のところへ帰るんよ。働きながら今日が来るのを指折り数えて待っとったけど、いやー、ほんに今日が待ち遠しかった」

嬉々《きき》として話す彼女の表情を見て、私の心は曇った。自分と同い年のユナは愛する家族の元へ帰ろうとしている。私はどうだ。家族を振り切って遠くへ逃げようとしている。無邪気なユナの笑顔が私の胸に何度も刺さった。

「あんたも念願かなっての洋行なん？」

急に尋ねられてとまどったが、私は自分の胸の内を正直に話した。父から無理にお見合いを勧められていること。それから逃げるために、半《なか》ば父をだました形でドイツ行きに踏み切ったこと。ほぐれた気持ちの間から涙がこぼれはじめると、ユナはそっと私の肩を抱いてくれた。

「女に生まれたら、この世は理不尽なことだらけやもんねえ。でも、華族や財閥の人との縁談で悩めるなんていうのは、朝鮮で生まれて日本に働きに来たうちみたいな女からしたら、恵まれすぎとるの一言よ。李垠《イウン》様と結婚された梨本宮《なしもとのみや》様のごたる。日本の人は日鮮融和《にっせんゆうわ》とか言うけど、朝鮮は国ぐるみで日本の奴隷やもんね。その奴隷扱いの朝鮮で一番身分が低いのが、うちみたいな女たちよ。それやけん、朝鮮の女たちは日本におっても朝鮮におっても地の底を這《は》うような生活をせにゃならん」

梨本宮様とは、大韓帝国の皇太子であった李垠に嫁いだ日本の皇族である梨本宮家の方子《まさこ》のことである。ユナは、私の縁談は女性の意志を顧みないひどいものであることを理解はできるが、朝鮮半島が事実上、日本のものになり、最もしいたげられる存在になった朝鮮半島出身の自分よりははるかにましだと、私のことを静かに批判したのだった。穏やかな笑顔を見せていたユナが唇を噛《か》みしめたのに気づいて、私は何も言えなくなってしまった。

「ごめんごめん、つい愚痴《ぐち》を言うてしもた。アサエちゃんに言うても、仕方ない話やったね」

「ううん、気にせんで」

気まずい空気が私たちを包もうとした時だった。私たちの席の目の前に立っていた男がいきなり会話に割り込んできた。

「こら、お前ら。さっきから、せからしか（うるさいの意）ぞ。ここは公の場じゃろうが」

ユナとの会話に夢中になっていて気づいていなかったが、語気荒《ごきあら》く向けられた男の息が酒臭《さけくさ》い。酔客にからまれるとは面倒なことになった。そう思った時だった。ユナの目におびえた色が走った。そのことに気づいたのか、男はユナの肩をつかむと大声で罵倒《ばとう》した。

「貴様、このように言っておっただろう。朝鮮は国ぐるみで日本の奴隷じゃと。かしこくも天皇陛下は自ら、「内鮮一体《ないせんいったい》」と御言葉を述べられ、朝鮮の臣民《しんみん》にも御心《みこころ》を砕かれておられる。それにもかかわらず、貴様は公の場で陛下に不敬をはたらくというのだな？」

「ちょっと！」

私が身を乗り出そうとすると、ユナは小さく手をあげて私を制した。男は興奮してさらに酒が回ったのか、もはやしゃべっていることが支離滅裂《しりめつれつ》だった。

「大丈夫、適当にあしらうから。いつものことやから心配せんで」

ユナのその言葉を聞いた瞬間、私は頭に血が昇り、立ち上がって男の頬を張り倒していた。紙袋が破裂したような音が客車の中に響《ひび》いた次の瞬間、男はしりもちをついていた。

「何ばすっとや！」

「うるさい！　弱いもんにしか物を言えん、肝っ玉の小さい卑怯《ひきょう》もんが」

「なんじゃと！」

「おーおー、弱そうに見える女相手なら威勢がよくなるんやね。どこまでも肝っ玉の小さいこと。その調子なら股の間に下げちょる玉もさぞかし小さいんじゃろうなあ。よかよ、ひねりつぶしちゃるけん、かかってこい！」

私は日傘《ひがさ》を手に取った。しらふの男相手なら敵《かな》わないかもしれないが、酔客相手なら自分のなぎなたの心得《こころえ》をもってすれば、絶対に負けることはない。

私が啖呵を切ると、他の乗客たちからどっと笑いが起きた。男はバツが悪くなったのか、そのまま隣の客車へ消えた。

「ふん、口ほどにもない。ユナちゃん、もう大丈夫やけんね」

ユナは気丈《きじょう》にふるまっていたが、肩を抱き寄せると小さく震えていた。

「ありがとう。あんたみたいな日本人は初めてばい。朝鮮へ帰る日に、あんたみたいな気性のまっすぐな人と知り合うなんて、つくづくうちも運の無かおなごやねえ」

ユナはすぐに明るい声を取り戻した。それからとりとめもなくいろいろなことを話し、門司で列車を降りる時は旧友のようにトランクを運ぶのを手伝ってくれた。だが、お互いの胸の内に触れることはなかった。さっき垣間《かいま》見た彼女の心のしこりが気になったが口にはせず、関門海峡《かんもんかいきょう》を渡る船に乗り換え、お互いの連絡先を交換して下関駅で別れた。

「じゃあ、釜山行きはあっちやから、私はここで。ドイツまでの長旅、気をつけてね」

「ねえ、ユナちゃん」

「なに？」

「ごめんなさい。なんでもない。ドイツで落ち着いたら手紙出すね」

ユナが日本で見た理不尽《りふじん》とはなんだったのか聞いてみたかった。酔客にからまれるようなことだけではあるまい。


横浜への道中、車窓《しゃそう》を流れる風景は見るもの全てが新しかった。だが、不安を感じることはなかった。父が一等車両の座席をとってくれたこともあり、一人でゆったりと車窓を眺《なが》めて心をほぐすことができたことが大きいと思う。問題は欧州航路だった。大阪商船の横浜発ブレーメン航路に乗船することになったが、一カ月ほどの船旅である。当初は初めて見る欧米人と顔を合わせないよう、自分の船室で過ごしていた。だが、それも一週間が限界である。ドイツ語や英語は達者ではないものの、話しかけてくる欧米人とある程度やり取りができるようになると、晴れた日は甲板《かんぱん》に出て過ごすようになった。

「ごきげんよう」

いつものように甲板に出て、大海原《おおうなばら》を眺めていた時だった。甲板に上がってきた、大柄な白人男性に話しかけられた。クセがある英語だ。どうやらドイツ人かフランス人らしい。

「あなたは最近よく一人でくつろいでらっしゃるが、ご主人はいかがなされたのですかな?」

「いいえ、主人はおりません。独身ですので」

「これは失礼。落ち着いた雰囲気でいらっしゃるから、どなたかの奥様かと思いました。ところで今回はどのような旅なのですか?」

「ドイツへ参ります。実家の紡績工場をより発展させるために最新の技術を学びにいくんです」

わざわざ言う必要もなかったが、つい、父を説得してドイツへ行くことになった経緯を話してしまった。

「ほう、それはそれは。老婆心《ろうばしん》ながら申し上げるが、女性には女性のなすべきことがあると思いますぞ。せっかくの志だが、その志は生涯をともにできる男性に託すのが現実的というものです。あなたはまだお若いから理解できないのかもしれませんな。だが、あなたのお父様は世の中をよくわかったうえでのご意見をおっしゃっておられると思いますよ」

問いかけに織り交ぜられた嫌味《いやみ》が次第に強くなるのを感じた。だが、私は冷静になるよう努めた。

「時々ここで十字架《ロザリオ》を手にして祈っておられるようだが、聖書をお読みになったことがあるならご存じでしょう。創世記にも、女性は男性から造られ、男性と結び合わされる時を待つ存在と書かれています。紡績の技術を学ぶよりも、優秀な男性を家庭から支えるための花嫁修行を優先されたほうが、神の理に適《かな》うというものでしょうな」

その言葉で、苛立《いらだ》ちの限界が振り切れた。生来《せいらい》の血気に火が付き、私はとうとう我慢がならなくなった。

「いい加減にしてください。失礼ではないですか。たまたま顔見知りになっただけのあなたに言われることではありません」

反論されることが想定外だったのか、白人男性はあっけにとられた顔をしたままだった。

「ごきげんよう」

そう言い残すと甲板を駆け下りて自室へ戻り、鍵をかけた。悔しさで握り締めた十字架が手のひらに強く食い込む。

「女に生まれたら、理不尽なことだらけやもんねえ」

不意に、門司までの列車の中で、ユナから聞いた言葉が脳裏《のうり》をよぎった。これが社会の現実だった。父と同じだ。世の男性たちは皆、女性を自分たちの欲望を叶《かな》えるための駒としか考えていない。そのことに言いようのない悔しさを覚えた。

「私は、私を生きる。生き抜いてやる」

そう一人つぶやいて誓った。たとえ全世界を敵に回しても、自分が心に決めた生き方をしよう。

「聖母様、どうか私をお守りください」

男に頼った生き方なんか、まっぴらごめんだ。聖書を開き、栞《しおり》がわりに挟んでいた聖母マリア様の聖画を見て祈った。

出会い

ブレーメンからドイツに入国し、陸路でベルリンへ。一カ月ほどの船旅のせいか、陸路に移っても足元が揺れているように感じたが、じきに体調も落ち着いた。無事ベルリンに着いたものの、父が用意してくれた下宿の住所がわからず苦労した。地図を片手に下宿を探したが、なんのことはない、留学予定のベルリン大学の目と鼻の先だった。三百年ほど前に建てられた石造りのアパートだ。欧州らしい造りの外観に心が躍った。だがすぐに、今日からの生活をお膳立てしたのが父だということを思い出して気持ちが沈んだ。あれだけいきがって家を出てきたのに、結局、父が敷いたレールの上を走っているだけではないか。そんな気持ちがよぎったが、いまさらそのようなことを言っても仕方がない。深呼吸してアパートの門をくぐると、管理人室のドアを叩《たた》いた。

「こんにちは。管理人さんはいらっしゃいますか？」

私のぎこちないドイツ語の問いかけに返ってきたのは、意外にも流ちょうな日本語の声だった。

「中垣アサエ様、お待ちしておりました。お迎えに上がれず、大変申し訳ございませんでした。こちらを管理させていただいております、佐野と申します。よろしくお願いいたします」

「びっくりした。日本の方なんですね」

三十歳前後だろうか。折り目正しい態度で、ハキハキと応対する男性が現れた。

「左様《さよう》、一昨年まで英国で仕事をしておりましたが、昨年ドイツに参りまして……あの、どうかされましたか？」

私は笑いをこらえるのに必死だった。佐野は実家のひな人形に背広を着せたような珍妙な風貌《ふうぼう》だったからだ。それに加えて、江戸時代の侍のようなハキハキした話し方をするから、おかしくて仕方がない。

「いいえ、何でもないわ。ところで佐野さんは、父とどのようなご関係なのかしら？」

「私の祖父が明治の世になる前に、久留米藩でアサエ様の御祖父様にお世話になっておりました。それ以来ずっと、私の父もアサエ様の御祖父様やお父様にお世話になっております。父は明治の世になるとともに、横浜を拠点に欧州と生糸の取引を始めましたが、つい数年前から私をこちらに置いて、自分は横浜で仕事をするようになりまして。そのこともあって、アサエ様のお世話をするように仰《おお》せつかいました。お父様からは、紡績の技術を学ばれて、技術者を久留米へ招聘《しょうへい》すると聞いております。はなはだ僭越《せんえつ》ですが、そのお手伝いもさせていただければと考えております」

こんな遠くまで来ても、父の手のひらの上から逃げられないことに気づいて背筋が寒くなった。しかし、どうしようもない。逆にこの生真面目そうな人物をうまく取り込めば、自由な生活が送れるかもしれない。およそ十七歳の小娘が巡らす思いにしては不純きわまりないが、私はそんなことを考えていた。

「お部屋のお支度《したく》を済ませております。荷物をお持ちしましょう。ご案内します」

私のトランクを手にしようとした佐野がステッキを落とした瞬間、思わず声をあげてしまった。ステッキが薄暗いフロアの中で、鏡のような銀色の光を吐いたからだった。ろうそくの明かりに浮かんだのはステッキではなく、浅く反《そ》りを打った見事な日本刀だった。

「失礼いたしました。こちらは治安が良いのですが、アサエ様の身辺警護のために常に持ち歩くことにさせていただいております。他意はありませんのでご安心ください。さ、お部屋へご案内いたします。ついてきてくだされ」

佐野の後について、自分の部屋へ続く階段を上がった。なぜか、さっきまで感じていた父に監視されているという感覚は少し薄らいでいた。

父と懇意《こんい》にしている佐野が管理するアパートから、大学へ通う生活もすぐに馴染《なじ》んだ。大学といっても、もともと私は明確に学ぶ目的がないままドイツに渡ったようなものだ。受講する講義といえば、つたないドイツ語を補うことが主で、他は紡績に関する機械工学概論の聴講、そして経営学だけだ。正直、どの科目もノートを取るのが精一杯だったが、生来の負けん気の強さもあってか、聴講を初めてから二カ月がすぎる頃には、教授にドイツ語で質問ができるようになっていた。

こうなると、思いつきで言ったこととはいえ、故郷の久留米の工場をどうにかして繁栄させなければという気持ちが少しずつ強くなってきていた。父は実家の商売を発展させ、旧家としての名誉を勃興《ぼっこう》することしか頭がない。ならば、私が実家の家業を伸ばすことができれば、愛情がわかない人との結婚を無理に勧められることもなくなるだろう。そう考えるようになっていた。

私の心の内は複雑だった。やはり人は世の大勢について生きたほうが楽である。女性の権利などまったくといっていいほど顧みられない世の中で、生涯独身を通すことはとてつもなく辛いことだろう。欧州航路の船の中で、男性に頼らず、自分の生き方を貫くことを誓った。だが、結婚じたいに興味がないわけではない。むしろ、これ以上結婚が遅れることで、世の女性たちの大勢から外《はず》れた生き方を選ぼうとしていることに不安を感じていた。要は、自分が愛情を注《そそ》げて、家業を盛り立てることを手伝ってくれる男性に出会えればよいのだが、そんな都合の良い話はあるわけがない。だがその日、欧州航路の中で固く誓った決心を簡単に壊す男性が目の前に現れたのだった。

「もし、ペンを落とされましたよ」

機械工学概論を受講する講義室へ向かう廊下の途中で、日本語で呼び止められた。その瞬間の胸の高鳴りを、七十年近くたった今もよく覚えている。私より頭二つ身の丈《みたけ》があるすらりとした体型。はっきりかたどられた二重《ふたえ》の瞼《まぶた》に浮かぶ瞳《ひとみ》は、笑顔と同じように優しい光をたたえていた。今まで経験したことがない、自分の内側から湧いてきた高鳴る気持ちに押され、言葉に詰まったままでいると、男性はしゃがんで私のペンを拾ってくれた。

「やはり日本の方でしたか。この大学はアジア系の方が少ないですから、まさか日本の方に出会うとは思いませんでした。これから機械工学概論を受講されるのですか？」

「え、ええ……はい」

「素晴らしいです。ドイツ語が堪能《たんのう》でも、この講義は受講するのが大変ですから。相当勉強されたんですね」

私が口ごもったままなのに気づいたのか、男性は話すトーンを抑えた。

「すみません。ついつい夢中になって。日本の方と話すのは久しぶりでして」

「いえ……、あなたはこの大学で何を勉強されているんですか？」

「僕はもともと農学専攻なんです。京都帝国大学を卒業した後、この大学で、機械工学や化学を応用して農産物増産のための最新知識を学んでいます。あなたはどのような目的で留学されているんですか？」

「私は実家の紡績工場を発展させるための知識を得たくて、こちらの大学に留学を決めました」

「最高ですね。あなたなら必ずできますよ」

初めて自分を肯定してくれる男性に出会ったためなのだろうか。なぜか自分のことを隠す気が起きなくなった。半歩距離を置いて男性の後に続き、講義室への長い廊下を歩いた。時折、小走りで男性を追いかけるように歩いていると、次第に裸の心のままでいることが快くなってくる。

「あの……おかしいと思わないんですか？　女の私が実家の紡績工場の経営に携わろうとしているんですよ」

「勝てば官軍、ですよ」

「かてば……かんぐん？」

「ええ、昔、政治家の大江卓《おおえたく》が言っていた言葉です。大江卓は西南戦争に呼応《こおう》して高知で挙兵しようとして計画が露見《ろけん》、逮捕《たいほ》・収監《しゅうかん》された人物です。まあ、無益《むえき》なたたかいでした。その後、実業家に転じて成功を収めましたが、その結果、かつての大江の失敗をなじる人物は一人もいなくなりました。成功してしまえば、誰も文句は言わなくなる。それで勝てば官軍というわけです。あなたも同じですよ。結果を出せば、世間の意見なんぞすぐに変わります」

「ありがとうございます。でも、世間は『女だてらに』とかいったことを必ず言うんですよね」

「科学には男も女もありません。誰が行っても同じ結果が出るものを科学と呼びます。その偉大な力を真正面から捉《とら》えて、多くの帝国臣民に寄与《きよ》しようとされているあなたの精神は、この上なく尊いと思いますよ」

「そうでしょうか……」

「もっと自信を持ってよいと思いますよ。だいたい、我が大日本帝国の主軸産業である生糸や紡績産業は女性が動かしているではありませんか。蚕《かいこ》を育てる農家の娘さんといい、紡績工場で働く女性が良い例です。男も女もありません。大日本帝国のさらなる発展を成し遂げるには、最先端科学の知識を用いて、男女で力を合わせて総力戦で挑む必要があります。自分の意志でその先頭に立とうとしている。あなたのその姿はとても美しい。僕はそう思いますよ」

私は男性の笑顔と暖かい言葉に触れている中で、欧州航路の船の中で怒りと一緒に握りしめた決心が柔らかく溶けていくのを感じていた。この人のことをもっと知りたい。世界を敵に回してでも一人で生きていくという、くだらない意地はもう捨ててしまおう。そんな気持ちが沸《わ》き上がった瞬間、私は自分を止められなくなった。

「どうされたのですか？　講義室へ急ぎましょう」

「あの……」

さっぱり要領が得られないといった表情をしている男性に、気がつくと私は自分の想いを叩きつけていた。

「私と一緒に生きてくださいませんか？」

心臓が激しく高鳴り、上気して耳まで赤く染まっていくのがわかった。自分でもなぜ、名前も知らないこの男性に対して、こんな言葉をささげたのかわからなかった。だが、もう自分の気持ちを止めることができなかった。

男性は少し困った顔をしたが、すぐに言葉をつないだ。

「もちろんです。これからこの大学で学ぶことを祖国のために生かして、一緒に同じ時代を生きていきましょう。さあ、講義が始まりますよ」

恋愛経験などはなかった。だが、男性がわざと答えをはぐらかしたのはわかった。悔しかったが小馬鹿にされたという気持ちはなぜか起きなかった。むしろ、この男性を慕《した》う気持ちが高まっていくだけだった。


初めての恋は叶わないという。何という作家だったか忘れてしまったが、高等女学校の時に友人から借りた小説で読んだことがある。今、自分が同じ状態にあるせいか、なぜかそのことが強く思い出される。このまま機械工学概論の講義を受けるのをやめて、あの男性への恋を叶わないものとあきらめてしまうのは良い方法だろう。だが、私はその日以来、気がつけばその男性のことばかり考えてしまうようになっていた。

「アサエ様、大変失申し上げにくいのですが、お加減がよろしくないのですか?」

帰宅した時、佐野からそう言われて、私は言葉に詰まった。

「いえ、深夜まで勉強していますので疲れが出ているみたいです。なんでもないので心配なさらないでください」

「そうですか。ご自愛ください。もし体調が芳《かんば》しくない時は懇意《こんい》にしている医者がいますから訪ねてみてください」

「ありがとう」

佐野から医者の住所が書かれたメモを受け取ると、私は自分の部屋に急いだ。部屋着に着替えて鏡に向かうと、少しやつれた顔をしている私がいた。

「ひどい顔をしている……」

佐野は私のプライベートを探るような問いかけをしない人だ。その佐野が浮かない顔をしていると問いかけてくるのだから、誰がみてもひどい顔をしているということなのだろう。機械工学概論の授業は、とりあえず出席するのをやめた。初対面の男性にあんなことをいきなり言ってしまった恥ずかしさもある。だが、それ以上に辛いのは、一日のうちにあの男性のことを考える時間がどんどん長くなっていることだった。こんな状態でまたあの男性に会ったとしたら、どうなってしまうのだろう。そう考えると、機械工学概論の講義からは自然と足が遠のいた。だが、私の恋心はすぐに学友のハンナに見抜かれた。

「どうしたのアサエ？　ここしばらく様子が変よ」

「ありがとう、ハンナ。ちょっといろいろあって」

ハンガリーから留学しているハンナは、私よりもドイツ語は流ちょうだった。ただ、大学レベルの知識があるわけではなかった。そのため、私と同じくドイツ語の予科クラスを受講していたが、東洋人の私に親しく接してくれた唯一の学友でもあった。

「アサエ、間違ってたらごめんなさい。ひょっとして誰か好きな人でもできたの？」

ハンナにそう尋ねられると、上気して頬が赤くなるのが自分でわかった。それを見られたくなくてうつむいたが、隠すことなどできなかった。

「どうやら図星《ずぼし》ね。恥ずかしがることなんかないじゃない。すごく自然な感情だと思うわよ。それで、誰を好きになったの？　この大学の人かしら？」

ハンナに言われて、ことの顚末《てんまつ》を話した。同じ日本から留学している男性に偶然出会ったこと。自分なりの告白をしたが、話をはぐらかされてしまったことなどを話した。

「そうだったんだ。それは辛いわね。でも、彼にこちらを向いてほしい気持ちは変わらないんでしょう？」

ハンナの問いに、小さくうなずくことしかできなかった。まだ名前も知らない男性に、生活が乱れるほど恋心を抱いてしまったことを、ハンナは笑ったりはしなかった。それどころか、親身になってアドバイスしてくれた。

「私の考えだけど、思いを根気よく伝えれば、彼は心を開きやすいと思うわ。だって、聞く限りだとすごく真面目そうな人だものね。それに同じ日本人同士でしょ？　彼の心を射止めやすいと思うわよ」

「大丈夫かしら？」

「彼の逃げ道を断ってしまいなさいよ。絶対にうまくいくから。あなたの話からすれば、彼はあなたの気持ちに気づいているみたいじゃない。それで話をはぐらかすのは、他に好きな女性がいるとかいったことじゃなくて、学業を優先しなきゃという気持ちが強いんだと思うわ。その証拠に、日本のために共に学ぼうって言ってたんでしょ？」

私が口ごもったままでいると、ハンナはそっと私の背中を押す言葉をくれた。

「正直いって、あなたには少し幻滅《げんめつ》したのよ。女性でも企業を経営できるということを社会に見せてやろうと意気込むあなたに共感を持っていたわ。私の祖国ハンガリーで芽吹《めぶ》いた共産主義のお手本みたいな話だしね」

「そうなの？」

「私の母国ハンガリーは、日本よりひどい封建的な国よ。ずっと王政が続いていて、結婚の自由はないし、女性は重労働を強いられて家畜なみの扱いを受けていたわ。その時、共産主義革命が起きた。私が九歳の時だから一九一九年の三月に、王政が倒されてハンガリー社会主義連邦ソビエト共和国ができた」

ハンナは宙を見上げると話を続けた。

「ハンガリー社会主義連邦ソビエト共和国は、『万国の労働者よ団結せよ』というスローガンを掲げたの。共産主義を全面的には信じてはいなかったけど、『働く人は男も女も関係なく平等』という国是がうたわれてたのよ。実際、それまでは女性が就けない仕事にも従事できるように検討されてたから、はるかに王政時代よりは女性の自由があって魅力的だったの。女たちはこぞって共産主義に賛同するようになったわ。だけど、それもわずか半年もしないうちに夢と消えてしまった。ハンガリー社会主義連邦ソビエト共和国はなくなった。体制がまた王政に戻って、結局、女たちは酷使《こくし》されているわ。私はこの大学で学んで、母国での新たな共産主義革命を起こすことを考えていたのよ。仕事の機械化を進めてハンガリーの女を重労働から解放して、アサエが作った絹でハンガリーの女を装《よそお》うの」

ハンナはそう言いながら、軽くため息をついた。

「でもまあ、こういう事情じゃ、革命は中止せざるをえないわね。アサエを応援するしかないじゃない。うまく言葉で伝える自信がないなら、手紙を書くといいわ。大丈夫、彼の名前とアパートを調べておいてあげるから」

「どうやって調べるの?」

「実は、私の親戚がこの大学の学生課で働いてるの。明日には、あなたの王子様の名前とアパートの住所を教えてあげられるわ」

そう言って、いたずらっぽく笑ったハンナを見て、一気に気持ちがほぐれた。翌日、ハンナは約束どおり、彼の名前と住所を学籍から調べてくれた。

「アサエの王子様の名前と住所を調べたわよ。名前はゴイチ・ハヤサカ。住所はアサエのアパートから一つ大通りを隔《へだ》てた場所になるわ」

そう言って、ハンナは学籍簿の控えと入学時に彼が自署した入学書類を見せてくれた。流麗《りゅうれい》な筆記体の署名の下に、毛筆で「早坂吾一」という立派な揮毫《きごう》があった。こうなったら、ハンナのアドバイスに従うしかない。気持ちを込めて、毎日二十通ずつ手紙を書いた。なんとしてでも自分の気持ちをすべて伝えて、彼を振り向かせたいと気持ちが切り替わると、私は恋に物怖《ものお》じしなくなった。中断していた機械工学概論の講義も受講を再開した。もちろん、吾一さんに自分の気持ちを直接伝えるためだ。だが、広い講義室の中で、たった一度会っただけの吾一さんの姿を見つけるのは難しかった。

そして、手紙を出し始めて十日、ついに吾一さんに会うことができた。しかも、機械工学概論の講義が終わった後、吾一さんから声をかけられたのだ。

「中垣さん」

待ち望んでいた声が後ろから突然響いたので、私は思わずノートを落としそうになった。耳の裏まで響く鼓動《こどう》を聞きながら、おそるおそる振り返ると、あの日見た笑顔があった。だが、その笑顔はほんの少し曇っていた。

「少しお話できませんか？」

「ええ」

無言のまま歩く吾一さんの後に続いて、大学の中庭を歩いた。新緑の季節のベルリンはこんなに美しかったのだと改めて気づいた。本を読んだり、会話を楽しむ学生たちから距離を置くようにして、吾一さんはベンチに腰を下ろした。躊躇《ちゅうちょ》したが、私は吾一さんから体一つぶん離れてベンチに腰を下ろした。

「あんなに決意をはっきり示された手紙をいただきながら、返事を待たせてしまって申し訳ありませんでした」

吾一さんは私を見ず、宙を見上げるようにしてそう言った。そして、やおら振り向いて私を見つめると言葉を続けた。

「自分の気持ちに正直になれば、僕はあなたのことをとても素敵な女性だと思っています。容姿が美しいだけじゃない。社会が押し付けた女性の枠に留まらず、科学を学んで、ご実家の仕事を盛り立てようとしていらっしゃる。自分の芯をしっかり持った素敵な女性から思いを寄せてもらえるなんて、正直まだ信じられません。とても嬉しいです」

吾一さんは姿勢を正して、しっかり私に向き合ってそう話してくれた。だが、私は顔を上げて吾一さんの目を見ることすらできなかった。

「ですが、中垣さん、僕には義務があるのです。京都帝国大学を卒業した後、この大学に留学した目的は、最初に会った日にお話したとおりです。ドイツの最新科学を応用して日本の農産物の増産を図《はか》ること。この目標を達成するために、多くの方から奨学金と研究費をいただいています。僕は結果を出すまで研究を続けなければなりません」

おそるおそる顔を上げると、吾一さんは恐れていた言葉を放った。

「だから、中垣さん、僕はあなたの気持ちに応《こた》えることはできません。研究の結果が出るのは何年後になるのかわかりませんから。そんな話に巻き込んで、あなたの人生の中で一番大事な時期を棒に振るようなことはさせられません」

そう言うと、吾一さんはおもむろにベンチから立ち上がった。

「私たちは、日本を富ませるために協力しあう同志の関係を守りませんか？」

吾一さんは握手を求めてきた。女として求愛したのに、一人の男性として答えを出さず曖昧な返事をしたことに、言いようのない怒りが沸いた。高ぶった感情の炎に身を包まれると、私は涙を止めることができなくなった。

「ひどい、ひどすぎます。私の気持ちが受け取れないなら、なぜそんな言い訳をなさるんですか！」

握手を求めてきた吾一さんの手を強くはたくと、私は涙の下からその場を駆け出した。霞《かす》んだ視界の中を新緑が淡く光った。なんて残酷な輝きなんだろう。私は心から血を吹いて今にも倒れそうなのに、世界は新たな命を謳歌している。中庭を走り抜ける間に何人かの学生から声をかけられた。よほど取り乱したひどい顔をしているのだろう。そのことがわかっていただけに、立ち止まって涙をぬぐうこともしなかった。このままアパートに帰ってしまおう。そのことだけを考えながら、大学の正門へ向かう時だった。

「アサエ！　どうしたの？」

聞き覚えがある声の女性に抱きとめられた。ハンナだった。思わず顔をそむけた。今の自分が見ず知らずの人にも見られたくないほど、ひどい顔をしているのはわかっていた。それだけにハンナに今の自分を見られたくないのは当然だった。

「アサエ、彼に告白してうまくいかなかったのね？　とにかく落ち着きましょう。いくらでも話を聞いてあげるから」

その言葉で、最後まで保っていた感情の糸が切れてしまった。呼吸できなくなるほど嗚咽《おえつ》が激しくなる中、ハンナは強く抱きしめてくれた。

「まだ方法はあるわ。まずは落ち着きましょ。ね？」

子どものように泣き止んだ私を見て、ハンナは苦笑していたが、私の肩をしっかり抱いたまま歩いてくれた。

「アパートまで送るわ。今夜は一緒にいて話を聞いてあげるから。じっくり作戦を練り直しましょ」

「アサエ様！　どうされたのですか！」

ハンナに体を支えられてアパートに着いたら、運悪く佐野と出くわした。

「なんだ君は。いったい、アサエ様に何をしたんだ？」

佐野は私の顔を見るや、ハンナにドイツ語で殴りかかるような問いを浴びせた。

「アサエさんの学友で、コヴァーチ・ハンナと申します。アサエさんが体調を崩《くず》されたので、お連れしました」

「そんなことは見ればわかるよ。アサエ様に何があったというのだね」

ヒステリックな佐野をなだめるように、ハンナは小さな声で佐野に耳打ちをした。

「病やケガではありません。月の障《さわ》りです。今晩、付き添いで看病いたしますので、どうか殿《との》方《がた》はお静かに願います」

「こ、これは失敬《しっけい》。アサエ様をよろしくお頼み申す。部屋の鍵ならこちらに。なにか必要なものがあったら、なんなりとおっしゃってくだされ」

「感謝いたします」

ハンナは佐野から部屋の鍵を受け取ると、私を抱えるようにして二階へ上がった。

「さ、そろそろ話してもらえるかしら？　大好きな彼の反応がどうだったのか。受け入れてもらえなかったのはわかるけど、まったく脈がなかったわけじゃないと思うんだけど」

ハンナにいれてもらった紅茶を口にしたら、ようやく嗚咽がおさまった。そのことを悟《さと》ったのか、無言だったハンナが問いかけてきた。

「私の気持ちは嫌じゃないって。だけど、いろいろな人から奨学金をもらったり、学費を借りたりしているし、いつ研究結果が出るかわからないから、私の気持ちは受け入れられないって」

「なんだ、そうだったの」

半ば呆《あき》れたように笑ったハンナの声を聞いて、私は少し苛立った。

「ごめんごめん、でも考えてみなさいよ。研究の結果が出るまで待つ必要なんてないんじゃないの？　彼もあなたのことを好きだと言ってくれたのなら、一緒になって研究を手伝えばいいじゃない。お互い結婚しても不思議じゃない年なんだし。彼の身の回りの世話をしながら、彼の研究を手伝って結果を出した後、日本に戻ってアサエの実家の工場を彼に盛り立ててもらえば、全てがうまくいくんじゃないかしら？」

ハンナの一言で目の前が明るくなった。たしかにそのとおりだ。私が吾一さんと一緒になって研究で結果を出した後、実家の工場を盛り立ててくれれば、なんの問題もないではないか。

「でも、彼はなかなか首を縦に振ってくれないわ。どうしたらいいのかしら」

「強硬手段でいきましょう。あたしが大学の職員を装って、彼のアパートの鍵を管理人から借りてくるわ。アサエ、その鍵を使って彼のアパートに押しかけちゃいなさいよ」

あまりにも大胆なハンナの提案に唖然《あぜん》としていた時だった。ハンナはそれまでの優しげな眼差《まなざ》しを捨てて、私をきつく問い詰めた。

「アサエ、あなたは彼に自分と一緒に生きていってほしいと言ったんでしょ？　それならどんな人生が待っていても、最後まで彼と一生を歩き通す覚悟があるのよね？」

ハンナの眼差しは厳しかった。だが、私は迷わず自分の気持ちに従った。思えばその覚悟が、私の人生に神が描いた複雑な戯曲《ぎきょく》を拓《ひら》くことになるとは思ってもみなかった。


「アサエ様、失礼ですが、お加減は……」

昨日よりははるかに明るい表情になっていたはずだ。だが、朝になって階下に下りると、佐野は変わらず私の体調を気遣《きづか》ってくれた。

「さすがドイツは医学大国と言われるだけあります。家庭での医学も世界最高峰らしく、ハンナの看病のおかげですっかり落ち着きました。今日は大学の講義に出ますので」

「それでは、私はこれで。ごきげんよう」

ハンナは佐野にあいさつをすると、私の肩を支えてくれた。そしてアパートの玄関を出ると、耳打ちをしてきた。

「私は大学の学生課に行って、親戚から職員の身分証明書を借りてくるから。その身分証をあなたが好きな彼のアパートの管理人に見せて、なんとか理屈をつけて合鍵を持ち出してくる。大丈夫、親戚は私とそっくりだから、誰が見ても気づかないわ。あなたは講義を受けていてちょうだい。お昼前までには彼のアパートの鍵を持って戻ってくるから」

ハンナは大胆だった。どのような理屈をつけたか知らないが、吾一さんのアパートの管理人から鍵をいともたやすく取り上げてきて、私に渡してくれた。

「まさか本当にやるとは思わなかったわ」

「いまさら何を言ってるのよ。さあ、急いでアパートに戻って最低限の荷物を持って、彼のアパートに押しかけちゃいなさい」

たしかにここまで来たら実行しかない。だが、気になるのは佐野だった。すぐに私がアパートからいなくなったことを父に報告するに違いない。場合によっては、ベルリンに父を呼ぶかもしれない。そうなったら吾一さんとの恋は永遠に叶わなくなる。

「さすがに好きな女性が押しかけてきたら、彼も覚悟を決めるでしょ。そしたら彼にあなたのお父様を説得してもらえばいいじゃない」

不安にとまどっている私を見かねてか、ハンナは私の背中を押してくれた。

「ほら、ぼやぼやしない。着替えや最低限必要なものをトランクに詰めたら、窓から投げて。あなたはどうにか理屈をつけて、佐野さんに気づかれないように裏口から出て。そしたら合流して、吾一さんのアパートへ向かいましょう」

「わかったわ」

アパートに帰ると、できるだけ平静を装って佐野と会話し、部屋に戻った。衣類や現金などの最低限必要なもの、そして聖書をトランクに詰め込むと、そっと窓を開けて眼下にハンナがいることを確認した。

「うまくいきますように」

十字架《ロザリオ》を握って胸の前で小さな十字を切り、窓から身を乗り出してハンナへトランクを投げた。ハンナがトランクをしっかり受け止めたのを見届けると、物音を立てないように部屋を出て、アパートの裏口から表へ出た。

「さあ、急ぎましょ」

ハンナからそう急かされて、半ば駆け足で吾一さんのアパートに向かった。一歩ごとに鼓動が高まっていくのがわかる。ハンナに引っ張られながら小走りで歩き、ほどなくして吾一さんが住むアパートに着いた。

「ねえ、いくら鍵があるからといっても、そのまま吾一さんのお部屋に上がり込んだら、管理人さんに怪しまれるんじゃないかしら？」

「こそこそしちゃダメよ。既成事実を作ってしまうの。私に任《まか》せて」

そう言うと、何を考えているのか、ハンナは管理人室のドアをノックした。

「どなたかな？　おお、さっきの大学の方かね」

管理人の老人は腰こそ少し曲がっているものの、ドイツ人らしく背が高い人物で、がっしりとした体型だった。嘘をついて、吾一さんの部屋の中に入ろうとしているのがばれたらどうなるか。そういった考えが脳裏をよぎった瞬間、さらに鼓動が激しくなった。

「管理人さん、さっき簡単にお話ししましたけど、こちらが日本からやってきたゴイチ・ハヤサカの奥さんのアサエさんです。日本人男性は恥ずかしがり屋が多くて、家族のこともあまり話さない人が多いんですよ。どうやら、あなたには伝えそびれているみたいですけど、今日から一緒に住む約束をしていると彼女から聞きました。別に構《かま》いませんよね？」

「どうもこうも、神が決めたもうた結婚生活に、私ごときが口を出せるはずがあるものでしょうか。正直なところ、少し心配しておったのですよ。ゴイチは学問を追究するのに熱心で、人生を大事に歩んでないように見えましたからな。ささ、どうぞ若奥様」

管理人の男性が私のトランクを持って運んでくれようとしたが、気まずかったので断った。だが、トラブルなく、吾一さんのアパートに入ることができて安心した。

「では管理人さん、女ならではの支度もありますので。それから、今日の夕方からは、ゴイチの食事はアサエが作りますのでご放念《ほうねん》ください」

「それはそれは。私も今夜から安心して眠れますわい。ゴイチは夜遅くまで研究をしていたようだからね。どうか若奥様、これで今夜はゴイチの健康を考えた献立にしてあげてくだされ」

管理人の男性はそう言うと、籠《かご》いっぱいのパンと野菜、ソーセージをくれた。そして、まったく疑う様子はなく、そのまま階下の管理人室に下りていった。ほどなくして周囲が静かになると、また緊張が戻ってきた。

「アサエ、もうあとに引き下がることは考えちゃだめよ。ゴイチは必ずあなたと一緒になることを選ぶわ。彼の性格からして、あなたに出ていけとは言えないはず。管理人さんもあなたが奥さんだと信じて疑っていないから、そのこともうまく利用して押しまくるのよ」

「わかったわ」

「頑張ってね。応援してるから」

ハンナを見送った後、内側から部屋の鍵をかけた。吾一さんの部屋はいかにも男性の部屋らしく、散らかり放題だった。だが、研究者だけあって、散らかった書類や本は規則性があるように見えた。雑然と置かれている書籍やノートは手をつけないほうがよいだろうと考え、床やテーブルを清掃し、洗濯物を片付けた。幸いにもキッチンは鍋釜類が揃っている。考えた末にじゃがいもとソーセージを煮たスープを用意することにした。

「せっかくだから、お味噌汁を作ってさしあげたかったな」

そう一人つぶやいて我に返り、笑いがとまらなくなった。自分の急激な変化がおかしくてたまらなかった。ドイツに渡る際の欧州航路では、まるで世の男性全てを呪うかのように一人で生き抜くことを誓っていたというのに。初めて会ったその日に、吾一さんは私の頑《かたく》なな心を溶かしてしまった。ずいぶん大胆な行動に出てしまったが、今はまったく後悔していない。少しずつ良い香りを放つようになったスープを見つめながら、吾一さんの食事を用意する毎日を夢想して幸せな気分になった。それからほどなくして、部屋の鍵が開く音がした。とたんに耳の裏で自分の心臓が大きく鼓動を打つ音が響き始めた。

「おかえりなさい」

私の声を聞いて、吾一さんは無言のまま私を見つめていた。状況がまったく理解できていないようだった。無理もない。私だってハンナに背中を押されて、ここに来ることを選んだ。そして、もう一度吾一さんにぶつかることを選んだのだから。一瞬戸惑《とまど》ったが、気を取り直して、吾一さんに思いの丈《たけ》をぶつけた。

「勝手にお部屋に入ったりしてごめんなさい。私、どうしても納得できません」

「どうやって私の部屋に入られたのですか?」

「ドイツ語のクラスの学友が学生課に問い合わせて、このお部屋を調べてくれました。そして、吾一さんの奥さんだと管理人さんに説明して鍵を開けてもらいました。嘘をつきました。ごめんなさい」

私の言葉を受けて、吾一さんは押し黙ってしまった。だが、テーブルに着くと、無言で私にも座るように勧めた。スープ鍋を調理台から下ろし、石炭を火消し壷《つぼ》に移した後、私もテーブルに着いた。

「気に入らないですね」

席に着くやいなや、吾一さんから今までに聞いたことがない、冷たい口ぶりでそう言われた。

「何がですか?」

「私はありのままの自分を生きるあなたに惹《ひ》かれていました。最初に会った日に、あなたに話したことを覚えていますか? あなたは自分の言葉で考え、自分の人生を生き、それでいて多くの人に幸せな未来を与えるべく歩いていた。その姿が大好きでした」

背中に氷の棒を差し込まれたような感覚を覚えた。吾一さんは私の心を切り離すために、切れ味が鋭い言葉を選んでいた。もはや私をいたわる言葉はどこにもない。もちろん、初めて出会った日に見せてくれた、穏やかな笑顔も見つけることもできない。あまりにも残酷だった。吾一さんが放つ言葉一つ一つで、肌を薄くえぐられるような痛みを感じ、涙が止まらなくなった。吾一さんは、私たちに覆いかぶさりはじめた気まずい空気に潰されたくなかったのか、立ち上がると言葉を続けた。

「それに言ったはずです。僕は我が大日本帝国のために研究しなければならないと。きついことを言いましたが、アサエさんのことを嫌いなのではありません。あなたの求愛をお断りしたのは、僕の研究結果が出るまでという身勝手な理屈に、あなたを何年も待たせることはできないだろうと考えているからです。あなたを大事に考えているからこそ、あなたを手放すのです。わかってください」

そう言って私を見つめた吾一さんの悲しい目を見ると、気持ちがはじけた。

「なぜ逃げるんですか？　言い訳ばっかりじゃないですか。吾一さんは日本のために研究をされるとおっしゃいますが、女ひとりの思いに真正面から向き合えもしないのに、本当に日本人すべてを救えるんですか？」

そう言葉をぶつけた瞬間、胸の内の思いが堰《せき》を切り、立ち上がって吾一さんに抱きついてしまった。吾一さんの手がそっと私の体を引き離そうとする。だが私は構わず言葉を続けた。

「最初にお会いした日に、一緒に生きていってほしいとお願いしたのは、吾一さんの人生の中に私を組み入れてほしいということなんです。私は世の人を牽引《けんいん》する生き方なんて望んでいません。私が望んでいるのは、本当に心を注《そそ》げると信じた方と一緒に人生を歩いていくことなんです。一緒に歩いていきたいのはあなたなんです。どんな人生になっても歩きとおす覚悟はできています。それなのにどうして許してくださらないのですか？」

「君に……君なんかに、なにがわかるというんだ！」

私の体を引き離そうとした吾一さんの手に力がこもったのを感じた。おそるおそる顔をあげると、優しさに満ちた吾一さんの表情はどこにもなかった。押し寄せてくる怒りをようやく押しとどめた憤怒《ふんぬ》に満ちた表情があった。

「君に何がわかるんだ？　資本家の娘に生まれて何不自由なく生きてきた君に、貧しき者の苦しさの何がわかるというんだ！　地を這うような苦しみから逃《のが》れたいばかりに、人らしくいることすら許されない人たちの苦しみの何がわかるというんだ！」

急に語気が荒くなった吾一さんに気圧《けお》されてしまって、私は何も言えなくなった。吾一さんは大きく息を吐いて、自らの内にある怒りを拭《ぬぐ》い去るようにして言葉を続けた。

「富で幸せは買えません。ですが、富がないばかりに壊れる幸せはこの世にごまんとあります。我が大日本帝国は、日清戦争、日露戦争、第一次世界大戦に勝利し、世界の潮流に乗ったと自負《じふ》しています。ですが、いまだに大多数の国民が飢《う》え、凶作の年に至っては、親が娘を売る農村が続出する有様です」

そう言うと、吾一さんは私の肩にかけた手を離した。そして、嘲笑《ちょうしょう》めいた笑顔を私に見せた。

「私とて例外ではありません。たまたま学問で身を立てることができましたが、自由なぞ、どこにもありません。研究を楽しいと感じたこともありません。大日本帝国の臣民のために研究をすると大義名分を掲げてはみるものの、私はあなたと同じ資本家たちから搾取《さくしゅ》され続ける側の人間なのですよ」

「吾一さんがおっしゃるように、私は貧しい生活を強いられる方の気持ちはわからないかもしれません。この留学だって両親から費用を出してもらっていますから。でも、私にも何一つ自由はありません。家のために売られる身ですから」

そう吾一さんに告《つ》げた後、涙が止まらなくなってしまった。

「どういうことですか？」

「父は家業を大きくするために、私を財閥の方や華族の方に嫁がせようとしています。血をわけた家族ですら、私を道具としてしか見ていません。家のために売られるんです。それでも私は幸せなのでしょうか。吾一さんは、私が自分の言葉で考え、ありのままに生きていることが好きだとおっしゃってくださいました。好きになった男性に一生をささげたいと考えることは、私の意志ではないのですか？　そんな自由すら、女に生まれたら手にすることはできないのですか？」

抱き合ったまま、私たちは語気を荒げて激しく感情をぶつけあった。そして継ぐべき言葉を見つけられなくなり、二人の感情に凪《なぎ》が訪れると、吾一さんのほうから口を開いた。

「僕の本当の気持ちを正直に話します」

ふいに頭上から降ってきた優しい声を受け止めた後、おそるおそる顔を上げてみた。そこには初めて会った日に見た、穏やかな吾一さんの笑顔があった。

「初めて会った講堂への廊下で、もし、あなたがペンを落とさなくても、僕はあなたに話しかけるつもりでした。ですが、お話をしてみてすぐにわかりましたよ。あなたが裕福な家に生まれ育った人だということを。あなたは手を触れてはいけない別の世界の人だということを。資本家や富裕層に対するひがみと言われればそれまでです。なにしろ僕は、説明してもあなたには理解してもらえないほど貧しい家に生まれ育ちましたからね。実家は北陸の金沢で商いをしていました。父は結核で早逝《そうせい》したので、家計は商才に長《た》けた母がまかなってくれました」

吾一さんは何かつらいことを思い出したのか、天井を仰《あお》ぐと言葉を続けた。

「ただ、女性であったがために、母は地域から冷遇され続け、私が奨学金を受けて高等学校に上がる年に過労がたたって亡くなりました。そんな育ちのせいか、男性であろうが、女性であろうが才能に恵まれた人は、その才能を育んで世に仕えるべきだと思うようになりました。だから、アサエさんにはご実家の紡績工場を繁栄させるという夢を忘れてほしくなかった。なにより、貧しさゆえの息苦しさを強いられる僕の生き方にあなたを巻き込みたくなかった。ですが……」

吾一さんが私の体を抱き寄せる力が強くなるのを感じた時だった。

「あなたから次々と届く手紙を読むにつれ、夢を叶えてほしいと思いながら、あなたを手放したくない気持ちが膨《ふく》らんで、悩み、迷っていました。でも、もう自分の気持ちに嘘はつけません。今のアサエさんの言葉で僕も覚悟を決めました。アサエさん、これからずっと僕のそばにいてください」

「はい、離さないでください」

吾一さんの腕の中に力強く抱きしめられた。自分の耳朶《じだ》の裏に響く鼓動が、吾一さんの胸から伝わる鼓動と重なる。なんて力強く暖かい抱擁《ほうよう》なんだろう。この力強い鼓動を、私はこの先、一生ずっと忘れないだろう。どんな人生が待っているとしても。

その日から、私は吾一さんのアパートに住むことにした。もっとも、式を挙げていないのだから、寝室は別にし、清い一線は保《たも》ったままである。そもそもカトリック教徒は、結婚前の同棲は認められていない。もし、同棲をやめないのであれば、正式に教会からは結婚式にはあずかれなかった。それでも私は吾一さんと一時も離れたくなかった。罪悪感はあったが、自分に嘘はつけなかった。吾一さんと気持ちが結ばれてみて改めてわかったが、晴れて本当の夫婦になるには、教会からどのようにして祝福を受けるかを考えなければならない。

他の人からすれば、バカバカしいように思われるかもしれない。だが私は、キリスト教が禁教だった時代から信仰を保ち、明治になってからは、カトリック教会の庇護《ひご》の下でさらに強い信仰を保ってきた家に生まれ育った。朝夕のミサは欠かさず、日曜日は教会でミサを拝聴《はいちょう》する。ミサというのは、教会員で教会に集って神父様の話を聞いたり、教会員同士の交流を深める、週一回、日曜日に行われるイベントである。また、カトリック教会が定めた暦に従って、クリスマスをはじめ、様々な宗教上の祝日などの典礼を規則正しく行うのが当然という家であった。当然、結婚についても、カトリック教会が示す教えに基づいた行いが絶対とされていた。カトリックの教義では、結婚は神が与える奇跡と考えていた。旧約聖書には、神が最初に男性を作り、そのあばら骨をとって女性を作り、一体となって添い遂げるようにされたと説かれている。そのため、結婚は成熟した男性信徒が自分の一体となる女性と生涯結び合わされる儀式だと多くの人はとらえていた。

そのことを考えれば、カトリック信徒でない吾一さんのもとへ嫁ぐことは壁が生じてしまう。仮に久留米の父と縁を切って二人で暮らすにしても、カトリック信徒は世界の人口の三分の一近くを占めると言われているから、二人だけの海外生活の中では必ずしこりを生むだろう。時間が経つにつれ、その問題は重くのしかかるはずだ。

そうなると、佐野と父を無視するわけにはいかなくなってくる。そもそも、佐野に至っては、アパートから私がいきなり蒸発《じょうはつ》したのだ。きっと血相《けっそう》を変えて私を探し回っているだろう。いつまでも逃げ隠れするわけにもいかないから、なにか良い方法がないかと考えていた時だった。まるで私の考えを読み取るかのように、吾一さんから話しかけられた。

「アサエさん、僕の考えなんだけど、その佐野さんという方に会って、僕たちの結婚を取り仕切ってもらうように頼んでみたほうがよいのではないでしょうか」

「佐野は父の言うことならなんでもきく人です。今、のこのこ出ていけば、私は佐野に捕まって福岡へ送り返されてしまいます」

「そうでしょうか？　その佐野さんという方は、アサエさんがドイツにいるからこそ、自分の仕事が発生するはずです。アサエさんが私という結婚相手を見つけたと言い出したことがアサエさんのお父様に知れたら、佐野さんは自分のビジネスを失うばかりか、お目付け役を果たせなかった責任を取らされることになる。逆鱗《げきりん》に触れたアサエさんのお父様のお心を鎮《しず》められるのはアサエさんしかいません。つまり、いずれにせよ佐野という人物はアサエさんの言うことを聞かざるをえないでしょう？　それに、こうしていても遅かれ早かれ見つかってしまいます。ならば先手を打って、佐野という人物を懐柔《かいじゅう》すべきです。なに、安心してください。策はありますから」

あれだけ頑なに私の求愛を拒んでいたのに、いざ一緒になることを選んだら、吾一さんは大胆だった。強く抱きとめられるような言葉に安心していたが、やはり不安はぬぐいさることができなかった。

「本当に大丈夫なんでしょうか……」

吾一さんは私の聖書を取り上げた。そしてページをめくった。カトリック教徒の聖書は、キリストが生まれる前に神が行ったことを書いた旧約聖書と、キリストが諭《さと》した言葉や実際に施《ほどこ》したことを弟子たちが記録した新約聖書から成っている。その中から吾一さんは次の言葉を選んだ。


こういうわけで、男は父母を離れて女と結ばれ、二人は一体となる。

（旧約聖書　創世記　第二章二四節）


カトリック教徒はキリスト教の聖典とされている旧約聖書・新約聖書の両方を学ぶ。しかしながら、人生にまつわる教訓が多く見つかる旧約聖書を、こういう時に開くことが多い。

「神が必ず、私たちを守ってくださるはずです。僕は何があってもアサエさんを離しません」

「聖書のことをご存じなのですか？」

「京都帝国大学で学んでいた時に、ドイツ語の教授からドイツ語の聖書を読むことを勧められたんです。その時は心に響く言葉を見つけることができませんでしたが。まさか、あの時目にした言葉がこのような形で現実になるとは」

喜びに沸いた私を吾一さんは力強く抱きとめてくれた。聖書の言葉のとおりだ。吾一さんに心身を抱きとめられる中で、私は二人の心がさらに強く結びつくことを感じていた。

「行きましょう、アサエさん」

翌朝、私は吾一さんに連れられて自宅へ向かった。気乗りはしなかったが、しぶしぶ吾一さんに従った。

「大丈夫です。昨日も言いましたが、その佐野という人はアサエさんが福岡に戻されたら自分の仕事がなくなるはずですから。いくらアサエさんのお父様に従順な人だとはいっても、わざわざ自分の米びつを潰《つぶ》すような真似《まね》はしません」

吾一さんの後についてアパートのドアを開いた時だった。佐野の険《けわ》しい声が飛びかかってきた。

「アサエ様、いったい今までどちらにいらっしゃったのです！　こちらの方は？」

佐野は吾一さんに対して、いかにも不審そうな一瞥《いちべつ》をくれただけにとどめた。だが、吾一さんは佐野を挑発するかのように言葉をつないだ。

「早坂吾一と申します。アサエさんは私のアパートでお預かりしておりました。単刀直入《たんとうちょくにゅう》に申し上げる。貴殿《きでん》におかれては、私とアサエさんの結婚の承諾をアサエさんのご両親に取《と》り計《はか》らっていただきたい」

たちまち佐野の表情が険しくなった。手が震えはじめたかと思うと、こめかみに血管が浮き出て、床を揺るがさんばかりの大声で吾一さんを一喝《いっかつ》した。

「きさま、そこへ直れ。口にするのも汚《けが》らわしい。下賤《げせん》の身《み》でありながら、アサエ様を汚すとは断じて許せぬ。この場で斬り捨ててくれる！」

佐野は、ステッキ代《がわ》りに持ち歩いている日本刀を目にもとまらぬ速さで抜いて、剣先を吾一さんの鼻先に突き付けた。ところが吾一さんは顔色一つ変えない。

「ぬぅ、盗人猛々《ぬすっとたけだけ》しいというが、大した肝《きも》の座《すわ》りようだな。私に刀を向けられて、眉《まゆ》一つ動かさなかったのは貴様が初めてだ」

「その日本刀なら、振りかぶったとたんに壁にぶつかって、動きを制されてしまうはずだ。唯一有効な攻撃方法は突きだが、私が抵抗すればアサエさんまで巻き添えにする可能性が出てくる。だからあなたは絶対に突きは打たない。そもそも斬り捨てようとする相手を恫喝《どうかつ》する必要などない。はなからただの脅《おど》しだと思ってましたよ」

「くっ……」

佐野は吾一さんのその一言に気圧されたのか、日本刀を鞘《さや》にしまってテーブルの上に置いた。そしてソファに体を投げ出すと、私たち二人もソファに腰を下ろすように促した。

「貴殿の胆力《たんりょく》には感服いたした。しかしながら、私はアサエ様のお父様のご意向に従う立場だ。

残念ながら、貴殿の申し出に耳を貸すわけにはいかぬ」

「アサエさんから聞いています。ご実家の紡績工場を繁栄させるために、アサエさんがドイツで学ばれていると。そのことなら、私が力をお貸ししましょう」

「大風呂敷《おおぶろしき》を広げたな。具体的にはどうするつもりだ。言ってみろ」

佐野はそう言って嫌味な笑いを見せた。

「私は京都帝国大学で農学を学んできました。ベルリンでは農作物の収穫量を高めるための研究を重ねています。ここまでお話しておわかりになりませんか？　養蚕《ようさん》には何の植物が必要かご存じですよね」

「桑《くわ》か？」

「そうです。我が国の養蚕技術が優れているのは言うまでもありません。ですが、蚕の餌《えさ》となる桑を育てるには相応の時間がかかります。もし、北海道や樺太《からふと》、中国大陸の寒冷地区で桑が栽培でき、従来よりも増産できるとしたらどうでしょうか。必然的に生糸の増産が可能になります」

「その技術と知識を蓄えているというのか？」

「桑だけではありません。綿花《めんか》や米、麦・大豆まで増産が可能になる方法がすでに発見されています。ハーバー・ボッシュ法といいますが、空気中の窒素《ちっそ》からアンモニアを合成して肥料を作り出し、土を肥やす方法です。まだ安価な中国大陸や朝鮮の荒れ地を今のうちに購入して、米、麦、大豆などの大規模耕作地を作れるとしたらどうでしょうか？　莫大な利益があがりましょう」

「それは魅力を感じるが、空気から肥料を作るなどという、雲をつかむような話が本当に可能なのか？」

「本当です。ただし、相応の電力が必要になりますので、発電設備が必要ですが。逆に言えば、発電設備を設置することができれば、どんな荒れ地でも耕作可能にできるというわけです。つまり、桑だけでなく、大豆や麦、米などの穀物も大量に増産できるということです。いかがですか？　佐野さんは私の提案を断る理由がないですよね」

「どういう意味だ？」

佐野が動揺した表情を見せたのを突くように、吾一さんは言葉をつなげた。

「あなたがロンドンを引き払ってベルリンにやってきたのは、生糸の次の商売を探すためですよね？　率直に言いましょうか。あなたは、中垣家に依存せずに商売ができる体制を構築《こうちく》したいと考えておられるはずだ」

「なっ、なにを言うんだ貴様、拙者《せっしゃ》は中垣家に忠節《ちゅうせつ》をお誓《ちか》い申し上げた身だ。これ以上無礼をはたらくというなら、容赦《ようしゃ》はせんぞ」

佐野がテーブルの上に置いた日本刀に再び手をかけようとした時だった。吾一さんはたたみかけるように佐野に言葉を浴びせた。

「ごまかしても無駄《むだ》ですよ。だいたい、生糸をさばくことに専念するなら、わざわざベルリンにいる必要がない。横浜で英国ポンドも簡単に手に入るようになった時代ですからね。欧州に生糸を輸出するにしても、帰国して横浜興信銀行（現在の横浜銀行）と上手に交渉したほうが利益は大きいはずだ。それをしないのは、生糸の商売が長続きしないのではないかと疑問を持たれているからでしょう？」

佐野は心の内を言い当てられたらしく、みるみるうちに顔から血の気が失《う》せた。

「まわりくどい言い方をしましたが、商売人なら当たり前の発想だと思いますよ。それに生糸は残念ながら衰退していくはずです。帝国人造絹絲《ていこくじんぞうけんし》が製造している人工の絹糸よりも安価で、大量に糸を撚《よ》ることができるようになっていて、実用化が目の前ですから」

「なんですと！」

佐野はついに心の内を隠せなくなったのか、吾一さんの話に身を乗り出して聞くようになってしまった。

「その証拠をお見せしましょう。まだ実験の段階ですが、帝国人造絹絲の人工絹糸より品質が高い、なめらかな触り心地の布が量産されるのは時間の問題です。こちらを手に取ってごらんください」

そう言って、吾一さんは背広のポケットから光沢がある布を取り出してテーブルの上に広げた。

ハンカチほどの大きさの布は、光が滑《すべ》るようなつややかさを見せた。佐野は恐《おそ》る恐る手を伸ばした後、しばらく手触《てざわ》りを確かめていた。

「信じられん。よく確かめれば絹ではないことがわかるが、手触りが絹とほとんど差がない。こんな人造絹糸が安価に市場に出されれば、絹の市場は根底から崩れ落ちるだろう」

無言のまま、佐野が人工の絹布《けんぷ》をテーブルの上に置いたので、私も手に取ってみたが、従来の絹布との違いがにわかにはわからなかった。

「人工の絹糸は欧州から輸入せざるをえませんでしたが、これで日本は生糸も人工の絹糸も輸出が可能になるというわけです。もっとも、従来の生糸生産は徐々に縮小させ、人工の絹を量産する体制を早く構築すること。また、荒れ地を開拓して綿花、穀物《こくもつ》の栽培が可能になる畑を作るとともに、化学を応用した肥料工場を併設した農地を開発することが、時代の波に乗るうえで肝《かん》要《よう》かと拝察《はいさつ》いたします。朝鮮や中国の内陸の荒れ地は非常に安価な土地がほとんどです。最小限の投資で最大の利益が得られるでしょうから、アサエさんのご実家は華族や財閥などを頼らずとも盤石になるでしょう。なにより日鮮融和が叫ばれる時代です。朝鮮や中国への進出は、現地の雇用も増やしますから、誰も反対する者はおりますまい。そして、紡《つむ》ぎ終わった糸や農作物を佐野さんが欧州で捌《さば》けば、莫大な利益が得られましょう」

「うむ」

佐野はまんざらでもない表情を浮かべて聞いていた。武士の忠誠が聞いて呆れる。佐野は金で動くただの俗物《ぞくぶつ》だった。まあいい。吾一さんの言うことに従って、父から結婚の承諾を取り付けてくれればそれでよい。

「特筆すべきは大豆です。空気中の窒素から生成した肥料を使って中国や朝鮮の荒れ地を開墾して大豆を植えれば、米国シカゴ商品取引所に集まる以上の量の大豆が収穫できる可能性があります。つまり、世界中の富を操れる可能性があるということです。その鍵を佐野さんが握ることができるわけですが、これでもアサエさんのご両親に結婚の承諾をお願いするのは難しいでしょうか？」

吾一さんは説明だけでなく、交渉も巧《たく》みだった。吾一さんに従えば、自分にどれだけの利益がころがりこんでくるか瞬時に計算したのだろう。佐野はすっかり態度が軟化《なんか》した。

「これは恐れ入った。これならば、アサエ様のお父様にも貴殿を推薦できる。正直なところ、私も心苦しかった。いくら家を勃興させるためといっても、女性が心を注げない男性に嫁がなければならんなどというのは時代遅れですからな」

「では佐野さん、私たちのことを……」

「もはや、お二人のご結婚に反対する理由がありませんな。早坂様はおそろしく頭が切れるお方だ。華族や財閥と姻戚関係を築くよりも、お二人が一緒になったほうがはるかに中垣家は栄えるでしょうから。なにとぞ今までの無礼をお許しくだされ」

佐野の言葉を聞いて、思わず吾一さんに抱きついてしまった。佐野は苦々《にがにが》しい表情で見ていたが、私は気にしなかった。

「とはいえ、式を挙げないままのお二人が一緒に住まれるのはどうかと思いますな」

「私は、わからず屋のお父様に許しをもらえと言われても絶対にいやですからね」

私がそう言うと、佐野はたしなめるように話を続けた。

「アサエ様、そうおっしゃいますな。婚礼は反対する者がいない中で行うべきでございます。私に策があります。大連の伯父様を訪ねなされ」

「大連の伯父様ですか？」

「そうです。大連の伯父様のもとへ行かれて、結婚の許しをお父様に説得してもらうとよいでしょう。なにしろ、お父様は大連の伯父様にはさっぱり頭が上がりませんからなあ」

大連には、商機を求めて福岡から渡った伯父がいた。そういえば父は、二つ年上の伯父にはまったく頭が上がらないと口癖のように言っていた。

「大連の伯父様はなにより柔軟な考えの持ち主ですから、お二人の結婚を祝福してくださるに違いありません。早坂様は大学で研究をされておられるようだが、大連にほど近い旅順にはつい最近、我が大日本帝国が建学した旅順工科大学もあります。研究の基盤をベルリンから旅順へ移されてはいかがですかな。そうすればすべてがうまくまとまりましょう」

佐野の話を聞いて、思わず吾一さんと手をとりあって喜びの声をあげてしまった。

満州へ

本章関連略図
ロシア連邦
ロシア連邦
黒龍江
ハバロフスク
満州里
ハイラル
黒龍江省
烏蘇里江
ノモンハン
チチハル
ウラジオストク
モンゴル
ハルビン
内モンゴル自治区
吉林省
吉林
長春
豆満江
白頭山
瀋陽
(奉天)
撫順
平頂山
錦州
葫蘆島
遼寧省
鴨緑江
朝鮮民主主義人民共和国
平壌
北京
通州
天津
塘沽
大連
旅順
渤海
ソウル
(京城)
大韓民国
河北省
黄河
青島
黄海
山東省

二人で話し合った末、吾一さんも私もベルリン大学へは退学届を出さず、休学届を出すにとどめた。佐野から裏切られる不安が完全にぬぐえなかったこともある。それに、吾一さんは様々な支援者からの奨学金で学籍を手に入れた立場だ。大連の伯父に結婚を取り仕切ってもらったとしても、吾一さんが受けた奨学金の精算は別に考えなければならない。私たちの不安を知ってか知らずか、佐野はかいがいしく大連行きの世話を焼いてくれた。大連までの旅費を貸し付けてくれたうえに、ドイツからの出国手続きや国際航路の予約といったことをすべて行ってくれた。また、当面の間、吾一さんのアパートの管理も行うことを約束してくれた。出発の日、ハンナと佐野がベルリン駅まで見送りに来てくれた。

「アサエ、良かったわね。もし伯父さんに結婚の協力をしてもらえたら、ベルリンへはまた戻ってくるの?」

「まだ詳しくはわからないわ」

「じゃあ、ベルリンへ戻ってこない可能性もあるんだ。でも、これからも友達でいてくれるわよね」

「もちろん。ハンガリーの女性だけでなくて、私が作った絹で世界中の女性を装うのが私の革命だもの」

私がそう言うと、ハンナは少し寂《さび》しそうに笑った。

「大連についたら手紙を書くわね。ハンガリーの革命を成功させる方法を一緒に考えましょ」

私がそう言うと、ハンナに強く抱きしめられた。その抱擁を、佐野が気まずそうに割った。

「ブレーメンから大連までは一カ月の船旅です。今度は早坂様とご一緒ですから心配はしておりませんが、くれぐれも道中お気をつけくださいませ」

「ありがとう」

列車はベルリン駅を滑り出し始めた。見送りにきてくれた佐野とハンナの姿が小さくなるまで、二人で窓から身を乗り出して手を振ったが、ベルリンの街並みが遠のき、車窓の緑が濃くなり始めたころ、窓を閉めて向かい合って座った。

「なんだかとても不思議な気分です」

いつも理知的で感情の起伏を表に出さない吾一さんが、感傷《かんしょう》を含んだ言葉を口にしたので驚いた。

「ベルリンに向けて横浜から船に乗った際は殺伐《さつばつ》とした心持ちでした。下手をすると、ドイツに骨をうずめるかもしれないと思っていましたから」

初めて二人で過ごした日の夜のことを思い出して胸が苦しくなった。吾一さんは貧しさの中から学問で身を立ててきたと言っていた。その積み上げた学問の上に吾一さんの幸せがあるのだとしたら、私はこの人の隣にいるべきなのだろうか。ひょっとして、私と一緒になることを選んだことを後悔してはいないだろうか。そう思った時だった。吾一さんは私の胸の内を見透かすように言った。

「とても幸せな気分です。私は今まで自分の人生を生きていませんでした。最愛の女性のために働き、ひいては科学者として我が大日本帝国のために働く。こんな当たり前のことにいまさらながら気づいたような気がします」

「吾一さん」

私たちは無言のまま、手を握り合ってお互いのやわらかい手のひらの体温をたしかめあった。まだ神の前で生涯の愛を誓ったわけではない。手を握り合うことくらいが今は互いに許される男女の愛情を伝える方法である。だが、何よりも深く心が結びついた気がして、私は深い安堵《あんど》に包まれた。

「ところで私たちは次の作戦を練らなければなりませんね。大連の伯父様に私たちの結婚を承諾させて、ひいてはアサエさんのお父様を説得してもらう作戦です。佐野さんは、アサエさんのお父様のお兄様とおっしゃっていましたが、どのような方なのですか？」

「それが……詳しくはよく知らないのです。私は尋常小学校にあがる時に一度だけ会ったきりなので。ただ、うちの久留米の工場で撚った絹糸を大陸で売りさばいていて、工場全体の四割以上の売り上げを頼っているのは知っています。私の父の頭が上がらないというのはそういう理由なんですが……たぶん伯父はそれ以外に商売をやっているのではないかと思います」

「なるほど、そうでしたか。ならば出たとこ勝負ですね」

「吾一さん……」

「そんなに心配しないでください。少なくともアサエさんのご実家で生産する絹糸の販売を握っているのは間違いないわけですから、さらに利益が高まる方法をしっかり見せれば、アサエさんのお父様にも伯父様にも反対はされないでしょう」

そう言うと、吾一さんはカバンの中から聖書を取り出して、キリストの十二人の弟子が書いたページではなく、キリストが生まれる前に書かれたとされるコヘレトの言葉と言われる章を開いた。コヘレトは王という恵まれた立場にありながら、何をしても空《むな》しく、よりよく生きるための模索《もさく》を繰り返した。その中で人としてよりよく生きるためのエッセンスを箴言《しんげん》のような形で記している。いわば人生の指南書のようなものだ。


ひとりよりもふたりが良い。共に労苦すれば、その報いは良い。倒れれば、ひとりがその友を助け起こす。倒れても起こしてくれる友のない人は不幸だ。更に、ふたりで寝れば暖かいが、ひとりでどうして暖まれようか。ひとりが攻められれば、ふたりでこれに対する。三つ撚りの糸は切れにくい。

（旧約聖書　コヘレトの言葉　四章九節〜十二節）

「神は必ず私たちを守ってくださいます。今はそのことだけを信じて、為《な》すべきことに全力を尽くしましょう」

「はい」

吾一さんの頼もしい言葉に思わず笑顔がこぼれた。何を心配する必要があるだろうか。私はこの人と一生を歩き通すことを選んだのだ。そのことを改めて噛みしめると不安もなくなった。ブレーメンまでの車窓を楽しみながら過ごし、大連行きの国際航路へ意気揚々と乗り換えた。

大連への一カ月ほどの船旅は実に快適だった。横浜からブレーメンに向けて旅立った時とはまるで違っていた。佐野が配慮してくれて、吾一さんの妻の名義で国際航路の切符を取ってくれていた。そのおかげで、プライベートについて根掘り葉掘り詮索《せんさく》してくる他の客に遭遇しなかったのはありがたかった。乗船時に旅券の提示を求められたので、吾一さんと正式に結婚していないことがばれてしまったが、料金をきちんと支払っているうえに、吾一さんが婚約中だと説明してくれたおかげで特にとがめられることはなかった。晴れた日は甲板に出て吾一さんと昼食を取ったが、目を細めて遠くの波間に目を凝《こ》らす吾一さんの横顔を見ていると、何とも言えない安心感に包まれた。

同時に、吾一さんのそばにいることで夫を持つ女性として生きる安心について考えさせられた。

いくらいきがっても、誰かの妻に収まったほうが女性は生きやすい世の中である。自分が好きで一緒になる男性ならなお未来は明るい。この目の前にある幸せを絶対に逃がすわけにはいかない。吾一さんだけに頼らず、大連の伯父を説得するすべを考えていたが良い案は思い浮かばなかった。

「アサエさん、いよいよ大連ですよ、ほら」

ブレーメンからちょうど三十日目、いつものとおり甲板に出てみると、水平線の向こうに近代的な建築物らしきものが集まっている様子が見えた。ものの一時間もしないうちに国際航路の旅客船は大連港へ接岸《せつがん》する準備を始めた。そして、旅客船の入港を案内する小型船が近づいてくるころには、大連の市街地全体が見て取れるようになった。旅客船から見る大連は今まで見た内地のどの街よりも都会で、私も吾一さんもしばらく言葉を失ってしまった。港ですら、欧州を思わせる煉瓦造《れんがづく》りの建物が肩を並べていた。旅客船が接岸するであろうターミナルの建物からは、市街地へ向けて路面電車や車がひっきりなしに走っている。それに市街地中心部付近には高層の建築物が乱立《らんりつ》しているのが、海上からもはっきりと見て取れる。町全体の建物の密度は横浜や神戸の比ではない。

「びっくりしました。大都会なんですね、大連って」

「私も驚きました。話には聞いてましたが、これほどの都会とは……」

「おたくらは大連は初めてかね」

接岸作業を始めた旅客船の甲板に出て、大連の市街地を吾一さんと二人で眺めていると、年配の男性から話しかけられた。

「ええ」

「そりゃ驚くのは無理もないですわなあ。関東州は日本が力を入れている最中ですしのう」

男性は背広の内ポケットからたばこを取り出して火をつけると、甲板に吹く風に煙を任せた。

「びっくりしました。話には聞いていましたが、横浜や神戸より都会ですよね」

「まあ、日本が大連に力を入れるのも当然の流れですわな。約二十億円（現在の金額に換算すると約二兆六千億円）という、目の玉が飛び出るような軍事費を使って、しかも、日清戦争、日露戦争合わせて十万人近い兵隊さんを失ったわけですから。大連を見る限りじゃ、そんなことがあったなんて想像もつかないが、お隣の旅順は日露戦争時の爪痕《つめあと》があちこちに残ってますわ。あちらは、あんなちっぽけな街をロシアと戦で取り合って一万を超える戦死者が出ましたからな。その結果、すべての民が恩恵にあずかれればいいんだが、ほれ、結局あのように新たな序列を作っただけです」

年配の男性が指さしたほうを見ると、中国人労働者らしき人々が数百人単位で並んで、私たちが乗る旅客船と同時に接岸する貨物船を待っているのが見えた。

「彼ら苦力《クーリー》は、荷物を一つ運ぶたびにいくらもらえるという契約を交わして働いていますが、必ずしも契約は守られていません。そのうえ、仕事がきつくて体を壊せば捨て置かれる」

年配の男性がそう言った直後、旅客船は大連港に着岸した。たまたま、隣の貨物船も着岸したようだった。その瞬間、待機していたクーリーと呼ばれている中国人労働者たちが、いっせいに監督者らしき人物のもとに押しかけ始めた。

「ほら、始まった。ああやって、荷主から荷物を運び出す仕事を仲間内で取り合うわけですよ。今回は石炭の荷役みたいですね」

監督者から切符らしきものを受け取った者が、貨物船の中に走っていったかと思えば、今度は何かが詰め込まれているらしい袋を五つも六つも一度に肩の上に乗せて船外へ運び出している。

「あんなに一度にたくさん荷物を持って、彼らは大丈夫なんですか?」

私がそう言うと、年配の男性はたばこをくゆらせ、クーリーたちを哀れんだような目で見つめた。

「農家出身の者が多くて、総じてみんな力が強いですがね。そりゃ人間ですから、あんな無茶をしていればそのうち体を壊すでしょうよ。彼らも彼らで、荷物を一つ運び出すたびに金がいくらもらえるという契約だから、一つでも多くの荷物を運ぼうと思ってあんな真似をするんでしょうが、見ちゃいられません」

クーリーたちの中には殴り合いを始める者もいた。それだけ生活が切実なのか、荷物一つあたりの労賃が魅力的な金額だからもめごとになるのかはわからない。だが、彼らの中に社会が押し込めた矛盾が満ちていることは間違いないようだった。

「まあ、この街じたいがあのように矛盾だらけですからな。お二人は物心つくころの話ですからご存じないでしょうが、日本は支那に対して無理難題をふっかけ、大連を借り受ける期限を二十五年から九十九年に無理やり延ばしましたからね。大連が返還される日は一九九七年ということになりますが、事実上返さないと言っているようなものでしょう。そのことを考えると、今の状態で働かせられ続ける彼らに同情を禁じえませんよ。ああ失敬《しっけい》、余計なことを言いましたが、ご夫婦そろってご旅行ですかな？」

「ええ、商家の伯父が大連で会社をやってるものですから」

年配の男性はなぜだか少し顔が曇ったように見えた。

「それはそれは。大連で商売というと飛ぶ鳥を落とす勢いでしょうな。まあ、ここは様々な思《おも》惑《わく》がうごめく町ですからお気をつけなさい。ちょうどお時間ですな。それではお先に」

そう言うと、年配の男性は踵《きびす》を返してデッキを降りていった。なんとも失礼な物言いをする人だと思ったが、教えてもらったことはどこか胸に刺さった。

下船して、大連埠頭《ふとう》ターミナルに掲げられた地図を見て、改めて大連の街がきめ細やかに整備されているのがわかった。各地域ごとに大きな広場があり、その広場から放射状に道路や路面電車が走っていて、他の地域と幾何学的《きかがくてき》なつながりを持つ構造になっている。そのため、どの地域に行くにも不自由しない構造になっているのだが、面食《めんく》らったのは人の多さである。国際旅客船が接岸する埠頭ターミナルの半円形の建物を背に、市街地中心部へ向かう路面電車が走っているのだが、私たちが乗っていた旅客船と同じくらいの大型旅客船がひっきりなしに接岸して、旅客が下船してくる。そのため、路面電車の乗り場は黒山の人だかりだった。加えて、人々は長旅で疲れ、殺気立《さっきだ》っていた。

「アサエさん、伯父様の会社というのはどこにあるのですか？」

「路面電車で浪花町《なにわちょう》というところで降りてすぐだと聞いてます。ちょっと贅沢《ぜいたく》ですけど、路面電車ではなくて、タクシーで移動したほうがいいんじゃないでしょうか。この人の多さだと、いつになったら乗れるかわからないですし。路面電車に乗ったら乗ったで、もめごとに巻き込まれそうな雰囲気ですから」

「なるほど、そうしましょうか」

吾一さんは私の手を引くと、客待ちをしているタクシー乗り場のほうへ足を向けた。

「もし、浪花町までお願いしたいのですがよろしいでしょうか」

「構いやせんが、浪花町なら路面電車のほうが格安ですぜ。路面電車なら五銭。タクシーは、あっしを含めてどこの車も最初の二キロメートルまでが四十銭、あと九百メートルごとに十銭。かなり割高になりやすがそれでもよござんすか？」

この当時の五銭は、今のお金でいうと二百円くらいだろうか。タクシーの初乗り運賃は八倍の一千六百円。たしかに運転手のいうとおり、かなり割高である。

「構いません。土地勘がないもので」

「じゃあご案内いたしやしょう」

現金なもので、吾一さんがそう言うと、タクシーの運転手は運転席から降りてきて私の荷物を取り上げた。さっきとはまったく違った丁寧な態度で荷物をトランクにしまいこみ始めたので、いささか呆れてしまった。

「とりあえず車を出しやす。おわかりのとおり、ここは船が着くたびに路面電車に乗り換えるお客さんでまるで戦場みたいな騒ぎになりやすからね」

私と吾一さんが乗り込んだのを確認すると、タクシーの運転手は車を急発進させた。

「もう少しお手柔らかにお願いします」

シートに背中を打ち付けそうになって思わずそう言ったものの、車窓を流れだした風景に息を呑んだ。中国の半島にある小さな町とは思えない風景が車窓に広がりだしたからだ。

大連港から港湾広場を抜けて、モスコフスキー通りと書かれた看板がかかる通りに出たとたん、タクシーの車窓に飛び込んできたのは、二キロメートルほどにわたって立ち並んだ大企業や領事館のビルディングだった。まさに飛ぶ鳥を落とす勢いで商いを営む鈴木商店（後の日商岩井）の出張所と日本綿花大連支店、米国やフランス、デンマークをはじめとした領事館のビル、そして、富麗華大酒店などの大型ホテルが乱立していた。大連の中心街になる中山広場に近づくと、世界一の為替銀行と称される横浜正金銀行大連支店（後に東京銀行を経て三菱銀行と合併し、現在の三菱ＵＦＪ銀行へ）、また横浜正金銀行に続く勢いの朝鮮銀行大連支店と、名だたる銀行の建物が連なり、さながら写真で見た東京の官庁街のようだ。

「ちょいと車が混んでるんで回り道をしやす。なに、お代はここまでの料金しかいただきやせんので安心してくだせい。そうだ、大連が初めてでしたら面白いものをお見せしやしょう」

そう言って運転手はハンドルを左に切った。常盤町《ときわちょう》という看板が見えると、車窓に飛び込んでくる風景に思わず息を呑んでしまった。中心街から離れたはずなのに、数百メートルにわたって連なった大型百貨店のショーウインドーが現れたからだ。モダンな洋装を身にまとった女性がショーウインドーをのぞき込んでいたり、家族連れや学生がめいめいに街の目抜き通りに並ぶハイカラなショーウインドーを楽しんでいた。

「奥さん、驚いたでしょう？　実際、これだけの百貨店は東京にもないですからね。あたしゃ、東京の月島の生まれなんですが、最初に大連に渡ってきた時は驚きやした。このとおり東京の銀座より華やかですしね。うちのせがれは大連生まれなんですが、この風景を見慣れてるせいか、おととし東京の実家に里帰りしたら、こんな田舎はいやだ。早く大連に帰ろうなんて言いだす始末で困りやした。そうそういけねえや、行先は浪花町のどちらでしたっけ？」

「浪花町にある中垣商会という会社まで行きたいのですが」

伯父の会社の住所を書いた便箋《びんせん》を渡すと、タクシーの運転手は急に笑い出してしまった。

「どうかされたんですか？」

「どうしたもこうしたも、そんな大きな会社さんなら、道を改めて聞くまでもないですよ。浪花町の停留所の目の前ですから」

「そうなんですか？」

「ええ、大連じゃ知らねえ人はいやせんぜ。浪花町の停留所前に煉瓦造りの五階建てのビルを建ててらっしゃいやすからね。ところで、お二人はどんな御用事で？」

「伯父に会いにきたんです。中垣商会社長の中垣清右衛門は私の伯父でして」

「へ？　奥さん、中垣商会のご令嬢なんですか？　こりゃ、おいらも箔《はく》がついたもんだ。中垣商会のご令嬢をお送りしたとなると、タクシー仲間に自慢できまさあ。承知しやした。裏通りの一番早い道をまっつぐ突っ切ってお送りさせていただきやす」

私が身分を明かすと、タクシーの運転手はとたんに態度を変えた。どうやら伯父は大連では知らない人がいないほど、ビジネスで成功しているようだ。運転手に任せるまま、生活感のない大連の街の裏道を走り、浪花町の停留所前へ着くと、私も吾一さんも目の前の建物に息を呑んだ。欧風煉瓦造りの社屋がそびえたっていたからだ。

「道に疎《うと》くても全然大丈夫だったでしょ？　大連じゃ有名ですよ。ビルも目立つし、宣伝もあちこちに打たれてますからね。なにせ中垣商会の社員さんは歯磨き粉から大砲まで取り扱っていて、無いものは無いと豪語されてますから。さ、車を会社の玄関へ回しやしょう」

ほどなくしてタクシーが伯父の会社の正面玄関につくと、料金を支払って車を降りた。そして運転手からトランクに詰めてもらった荷物を受け取ると、正面玄関の守衛が話しかけてきた。

「恐れ入ります。お約束以外の方は立ち入りをご遠慮いただいております」

「中垣清右衛門の姪の中垣アサエと申します。今日の約束はしていないのですが、大連に着いたらこちらに来るようにと連絡を受けています。大変恐縮ですが、取り次いでいただけませんか？」

「大変失礼いたしました。それではご案内いたします」

私たちを止めた守衛は他の守衛と話をしていたが、私たちの身分の確認が取れたのか社屋《しゃおく》の玄関を通してくれた。

「係の者がまいりますので、こちらのお部屋でしばらくお待ちいただけますでしょうか」

伯父の秘書と名乗る女性から別室に案内された。コーヒーを出されたが、当然のことながら口にする気持ちの余裕などなかった。

「どうしたのかしら？　ずいぶん待つけど」

「これだけの大会社の社長なら、すぐには席も立てないでしょう。そもそも話を聞かないつもりなら、部屋に通したりしませんよ。大丈夫です。安心してください」

吾一さんからそう言われたが、私は気が気ではなかった。気持ちを落ち着けようとして、目の前に出されたコーヒーに口をつけようとした時だった。

「伯父様！」

部屋のドアが開いたので視線を移すと、部屋の入口に壮年の男性が立っていた。間違いない。尋常小学校の時に会った時と変わっていない。伯父に間違いなかった。

「おお、アサエちゃんか、大連へようこそ」

伯父は従業員を人払いすると、話を続けた。

「しかし大きくなったなあ。まあ、当たり前か。結婚の相談をしにくるくらいだしのう」

どうやら、ベルリンの佐野がきちんと話を通してくれているようで安心した。

「ベルリンの佐野から聞いておるよ。こちらが早坂さんかな？」

「申し遅れました。早坂吾一と申します。ベルリンでは農学研究に携わっております」

吾一さんはまったく緊張していないようだった。そのことに安心したが、伯父は吾一さんの目を見ると表情をこわばらせた。

「非常に優秀な方だと佐野から聞いております。まあ、二人とも立ち話ですむような話を相談しに来たわけではなかろう。まずはかけたまえ」

促されて再び私たちが席につくと、伯父は話を続けた。

「まず、私の意見からだが、基本的に二人の結婚に反対はしないつもりだ」

その言葉を聞いて、私も吾一さんも思わず笑みがこぼれた。だが、伯父は想像もしていなかった言葉をつないだ。

「ただし、アサエちゃんは約束したんだろう？　利蔵に久留米の紡績工場を発展させるということを。ドイツの技術者を招くという約束はさておいて、二人が一緒になるというのなら、じゅうぶん約束を果たせることを証明してみせる必要があるんじゃないかね。おい、利蔵。そんなところで突っ立っておらんで、入ってきたらどうだ？」

伯父の言葉を聞いて、私は耳を疑った。まさか父が大連にいるのか。その不安は的中した。ドアを開いて入ってきたのは父の利蔵だった。

「アサエ……お前というやつは」

まさか父とこんなところで出くわすとは思いもしなかった。突き刺さるような表情を向けられて、私は震えが止まらなくなった。

「お父様、どうしてここに……」

「どうしてもこうしてもあるか。いったい何を考えておるんだ。こんなどこの馬の骨かもわからん輩《やから》と一緒になるなどと、たわけたことを言い出しおって」

吾一さんは父の言葉を聞いても、顔色一つ変えなかった。

「利蔵、失礼が過ぎるぞ。早坂さん、無礼をお許しください」

吾一さんが無言のまま頭を下げたのを見て、父は気に入らなかったようだった。さらに憎悪に満ちた目で吾一さんを見つめた。

「しかし、兄さん、親が娘の結婚相手を吟味《ぎんみ》するのは当然でしょう！」

「利蔵、キリストがどこで生まれたか覚えておるか」

「馬小屋でしょう？　それが何か？」

「そのとおりだ。誰も顧みない馬小屋で生を受けたキリストは、多くの人の心を今なお捉え、恵みを与え続けている。生まれ育ちよりも、知恵が備わったものが中垣家を不動の地位に押し上げる存在だとは思わぬか？」

父は憮然《ぶぜん》としたままだったが、伯父は話を続けた。

「ベルリンの佐野からの報告を受けて、最初はまたおかしなことを言い出したものだと思ったよ。だが、あの佐野から日本刀を突き付けられても眉一つ動かさない胆力をお持ちだということで、これはと思った。そして今、実際にお会いしてみて、佐野の報告は真実味があると感じた」

「兄さんまでそんなことを言うんですか。我が中垣家の命運がかかっていると言っても過言《かごん》ではない話ですぞ。今日初めて会った人間を信用するなんてどうかしてますよ」

「わかっておる。商才がなければどうにもならん。しかし、そのことについても、佐野から興味深い報告を受けておる。読んでみるといい」

伯父は資料らしき文書を父に渡した。吾一さんがベルリンで佐野に提案したことをまとめてあるらしい。ぐうの音も出ないのだろう。父は押し黙ってしまった。

「これだけではお前も納得できんだろう。せっかくだから、早坂さんには、久留米紡績と中垣商会の問題点とその改善案を提示してもらうというのはどうだ？　それでお前が納得せざるをえないなら、二人の結婚を認めてやるということで」

「わかりました。ぜひやらせてください」

吾一さんがそう言うと、父は言葉をつないだ。

「兄さん、それで異論はありません。ただし、わが社の問題点と改善案を提案してもらうのは、こちらの方にもやっていただきます。山崎さん、どうぞお入りください」

「ようやく、アサエさんに求婚できるチャンスが来たと思ったら、恋敵《こいがたき》がいるとはなかなかつらい役目が回ってくるものですね」

そう言って部屋に入ってきたのは、山崎財閥の御曹司だった。背広姿ではあるが、長髪はそのままだ。美男子であるがゆえに物言いがいちいち嫌味たらしく感じる。しかし、はっきりとお見合いを断ったにもかかわらず、こんな遠くまで追いかけてくるとは、どこまでしつこい男なんだろう。そう腹立たしく思っていると、父は話を続けた。

「いかがかな？　二人には中垣商会の問題点を洗い出してもらい、改善点を提案してもらう。根拠を明示したうえで見込める収益に関する資料を提出してもらい、収益金額が高い案を示したほうがアサエに求婚できるというのはどうだ？　これならば文句はなかろう。早坂さんは異論があるかね？」

「いいえ、まったくありません」

「吾一さん」

「大丈夫です。僕は絶対に負けません。安心してください」

私が不安な声を出したせいか、なだめるように吾一さんはそう言った。吾一さんの声を聞いて、父が口をはさんだ。

「よかろう。二人とも期限は今日から一週間だ。必要な資料はなんでも閲覧してよろしい。一週間後にここで説明してもらおう。その間は中山広場そばの大連ヤマトホテルで寝泊まりしてもらう」

「はっはっは、利蔵、大連ヤマトホテルとは大枚をはたいたな。未来の婿殿に敬意を表するとはなかなか良い心がけだ」

伯父は愉快でたまらないというように笑った。大連ヤマトホテルは、この当時の大連で最も高級かつ高額な宿泊料がかかるホテルとして有名だった。そのホテルを一週間も吾一さんにあてがうというのだから、伯父の意見はもっともである。

「客人として敬意を表してるだけです。そうそう、早坂さんはその間、アサエとは離れてもらうからな」

「お父様」

「当たり前だろう。正式に結婚式も挙げておらんのに二人一緒の部屋などというほうが非常識だ。わしに二言はない。もし、一週間後に我々を納得させる中垣商会と久留米紡績の改善提案を出して見せたら、お前たちが一緒になるのを許してやろう」

「本当ですか？　お父様！」

言質《げんち》を取るように私が尋ねると、父は苦々しそうに言葉をつないだ。

「ああ、こうなりゃ仕方ないだろう」

「お時間ですが一週間は長すぎます。明後日、報告させてください」

私と父の会話を割るように、吾一さんがそう言った。父は吾一さんが言った言葉の意味を理解できないようだった。

「明後日だと？　たった一日二日で、この会社の問題点を洗い出して改善案を提案できるというのか？」

「はい。商売は軍事と同じで、正確な作戦立案を早急に行い、ただちに動かなければ戦況が悪化するばかりです。顧客リストとこの五年間の決算関連資料を見せてください。必ず納得していただける分析と改善案を、明後日ご覧に入れてみせます」

父は無理難題をふっかけたつもりだったらしい。だが、吾一さんが飄々《ひょうひょう》とした返答をしたので半信半疑《はんしんはんぎ》の表情だった。

「吾一さん、そんなことおっしゃって大丈夫なんですか？」

「大丈夫です。明日は一緒にいられませんが、辛抱《しんぼう》してください。その代わり、明後日はこれからずっと二人でいられるお墨付きを勝ち取ってみせますから。山崎さんはいかがですか？もっとも、こんな簡単な問題に一週間も時間が必要というなら、大きな商売の舵取《かじと》りは難しいかもしれませんね」

吾一さんらしからぬ挑発的な発言だった。山崎さんは完全に自分を失っていた。誰がみても、怒りを抑えるのに精いっぱいな様子が見て取れる状態だった。

「いいでしょう。明後日、私の改善案をご覧いただくこととしましょう。早坂さんには商売の素人がまったく太刀《たち》打《う》ちできない案を見せて差し上げますよ。大変気の毒ですが、最愛の女性が目の前で奪われる屈辱《くつじょく》も併《あわ》せて味わうこととなるでしょう」

「よし決まった。ならば双方恨みっこなし。明後日に提案していただくこととしよう」

伯父が話すのを聞き終わる前に、吾一さんも山崎さんも資料を手にし始めた。私はただ、吾一さんの勝利を祈るしかなかった。

ただ待ち続けるのはつらい。父と顔を突き合わせているのも気が滅入るので、吾一さんが作業をしている間、伯父の会社の手伝いをすることにした。来客へのお茶出し、書類整理、タイプライターでの清書など。高等女学校時代にいやいや学んだことがこんなに役立つとは思わなかった。恩師は「知識は懐刀《ふところがたな》」とよく言っていたが、まさにそのとおりだと思う。今さらながらだが、恩師に深く感謝した。ありがたいことに体を忙しく動かしている中で一日はあっさり過ぎた。

「おはようございます。今日はよろしくお願いいたします」

いよいよ提案の日、朝一番から伯父の会社に出向いたが、山崎さんも朝一で中垣商会にやってきた。対して吾一さんは昼前になってもやってくる気配がない。そのまま時間はどんどん過ぎ、気がつけば時計は夕刻の四時をさしていた。

「早坂さんはずいぶん時間がかかるようですね」

山崎さんが嫌味たらしくそう言った。やはり、頭脳明晰《ずのうめいせき》な吾一さんでも、こんな短時間では会社の経営改善を分析するのは無理だったのか。私は半ばあきらめの気持ちの中にいた。きっと、今までが奇跡に等しい毎日だったのだ。吾一さんには裏切られたというよりも、無理強いをさせて申し訳なかったという気持ちを強く感じていた。私は、父から問われたら、山崎さんの求婚を受け入れる代わりに、吾一さんをベルリン大学へ復学できるようにお願いしようと考え始めていた。

「やはり、早坂さんは大風呂敷を広げたが無理だったようですね。もうすぐ十七時になるが、アサエさん、早坂さんは放棄したとみなしてよいですよね？」

「お待たせしました」

山崎さんの問いかけにうなずこうとした時だった。扉が勢いよく開いて、吾一さんの声が飛び込んできた。

「吾一さん！」

「お待たせして申し訳ありません。別の方法で再計算したら、利益が二倍になることがわかったもので時間を食いました。分析と改善提案は用意できていますから、さっそくご覧いただくことにしましょうか」

そう言うと、吾一さんは資料が入っているらしいトランクを机の上に置いた。

「いや、まずは私から提案させてもらおう」

山崎さんは部屋の片隅にあった黒板を引っ張りだしてくると説明を始めた。

「御社に必要なのは大陸での資本力です。たとえば紡績に限ってみても、大陸での工場がぜい弱なばかりに、久留米工場で生産した糸を運んで大陸や欧州に売る商売を行わざるをえません。その結果、海運料を販売価格に乗せるしかなく、他社との競争に不利な状態となっています。紡績だけではありません。家庭製品、武器をはじめとした関東軍納入物資も他社に勝つ確率が圧倒的にあがります。これを実現するために、私は御社に二千万円の無利息での出資をお約束します」

二千万円と聞いたせいか、伯父と父が驚きの声をあげた。この当時の二千万円とは現在の八百億円程度になる。もともと父は山崎財閥の出資を狙っていたのだから、願ったりかなったりだろう。私はいよいよ家のために人柱《ひとばしら》にされるのかと気色《けしき》ばみ、思わず手を握り締めた。

「その結果、工場建設による製品供給が可能になりますから、年間の利益は一千万円の増益となります。こちらの根拠資料をご覧ください。もちろん貸与《たいよ》資本の二千万円は返済期限を設けません。御社がご都合がよい時か、もしくは時間をかけて返済いただいて結構です。なんの危険もなく資本を増やし、売り上げを経常的に増やせるわけですから、大いに利点があると思いますが、いかがでしょうか」

伯父と父はだまったままだった。これは勝負あったと感じ、私も目の前が真っ暗になった。いくら優秀でも、二千万円の投資に、一千万円の経常利益という金額は、ビジネスの素人である吾一さんが作り出せる金額ではない。

「これはもはや勝負あったという感もあるが、早坂さんはどうされますかな？」

「もちろん提案させていただきます」

吾一さんは山崎さんが黒板に板書した内容を消すと話し始めた。

「さて、まずは御社の問題点を説明する前に一般的な話をします。軍事において、軍が敵軍を破るには何が一番重要だと思いますか？」

「攻撃力だろう。何ものをも寄せ付けない強力な火力を持てば、敵軍は簡単に打ち破れる。そもそも攻撃は最大の防御《ぼうぎょ》なりというからな」

当たり前のことを聞かれて、鼻もちならぬというふうに父が答えた。

「おっしゃるとおりです。圧倒的な火力を持つ軍はたしかに強いです。しかしそこに落とし穴があります。その落とし穴とはこれです」

そう言うと、吾一さんは黒板に大きく「補給と輸送」という字を書いた。

「補給と輸送？　どういう意味かね」

「攻撃を行うには、弾薬や兵士の食糧をできるだけ短時間で補給しなければなりません。いくら圧倒的な火力を持つ軍であっても、弾薬の補給がなければ張り子《はこ》の虎です。しかも、圧倒的な攻撃力を持っている軍が、短時間で必要十分な量の弾薬や兵士を送り込む輸送手段を軽視すれば、最前線で丸腰《まるごし》の状態になる」

「なんじゃと、わしらの会社がそうだというのか」

「これ、利蔵。いちいち声を荒立《あらだ》てるでない」

伯父は父の利蔵をたしなめると、吾一さんに説明を進めるよう促した。

「非常に申し上げにくいのですが、御社はそのような状態にあります。具体的には、欧州にも商圏を伸ばしていますが、必要な商材を迅速に運ぶ物流手段を確保していないですよね。そもそも、欧州市場じたいの売り上げが低い。欧州に進出したというだけで満足してしまって、はるかに売り上げが高く見込めるアジア市場をないがしろにしてしまっている。せっかく南満州鉄道という、大規模輸送が可能となる社会基盤が整っているにもかかわらずです。もちろん欧州市場から撤退する必要はないですが、こちらは商品の取り扱い量を減らして様子を見ながら、アジア市場で大きな利益を上げるモデルに切り替えるべきです」

「口だけではなんとでも言えるがな」

「お父様」

父は吾一さんをいぶかしがっていた。だが、吾一さんはまったくうろたえることなく話を続けた。

「考えてみてください。欧州圏へ販売している絹製品は単価が高い。バカ売れすれば非常に魅力が高い商品と言えましょう。しかし、中流以上の収入しかない人しか手にできません。しかも欧州は絹をまとう文化はあるものの、浸透しているわけではありません」

「それをアジア圏で販売して、欧州より売り上げが伸びるという根拠は何かね。支那の連中は欧州人より金を持っておらん。商売にならんよ」

「絹ではありません。御社の高度な縫製《ほうせい》技術を施した軍服はどうですか？　陸軍省、海軍省の入札に出すくらいのことはされましたか？」

盲点を突かれたのだろう。父は息を呑んだ。

「これから日本と支那はにらみ合いが続くでしょう。大陸や世界各国へ派兵される兵は数えきれますまい。そもそも、軍服は海を越えて支那に納品する必要がない。陸軍省、海軍省の指定物品管理担当に納入すること。これだけで経常的、つまり毎年一定の収益があがります」

「しかし、しかしだ。君のその立案には大きな抜けがある」

形勢逆転されたことを感じてか、山崎さんが口をはさんだ。

「なんでしょうか？」

興奮した山崎さんの物言いに、吾一さんはいたって冷静に答えた。

「それだけ大量の軍服なら、陸軍省、海軍省とも入札で落札《らくさつ》業者を決めているはずだ。必ずしも落札できる保証はどこにもないじゃないか」

「陸軍省、海軍省の入札について、軍服の生地《きじ》、縫製についての仕様は目にされましたか？少なくとも九州において、陸軍省、海軍省の入札仕様に耐える軍服を縫《ぬ》えるのは久留米紡績だけです。その証拠に、九州地方での入札で、入札開始前に御社以外の企業は『入札資格なし』として外されています。つまり、競合がいないため、落札は間違いなしということです」

「しかし、それだけではいくらなんでも二千万円の売り上げは上がらんだろう」

「他には生活必需品、これは日本から仕入れれば船賃がかかります。ですが、日本と生活様式が似ている支那人には売れるものは多いでしょう。決定的なものは大豆などの穀物です」

「大豆？」

「そうです。アメリカのシカゴで、世界中から集められた大豆を売りさばいていますが、中垣商会が手に入れられるであろう支那の荒れ地を中国人や朝鮮人に耕《たがや》させれば、莫大な収穫が上がります。それを輸出するわけです。アメリカのシカゴ大豆取引所の価格が多少変動しても、最低でも毎年三千五百万円の売り上げが手にできましょう。その資料をお見せいたしましょうか」

そう言うと、吾一さんはトランクから清書した資料を取り出した。

「繰り返しになりますが、ご説明しましょう。支那や朝鮮の農民に荒れ地を開墾《かいこん》させて、こちらである程度の支援をしてやる。単位面積当たりの大豆の収穫量を、農学で常識とされている値の八割程度とみても、おおよそ三千五百万円の売り上げが経常的、つまり毎年期待できます。もちろんなんの出資も要りません。その根拠資料はこちらです。端的に言えば、仕事にあぶれた支那や朝鮮の農家に大豆ほかの栽培を委託するわけです。仕事を欲しがっている支那人などの失業者数についての資料もそろえてあります。もちろん、どのように教育して仕事をしてもらうかも資料に盛り込んでいます」

「そんなバカな……」

二人ともしばらく食い入るように資料を見ていたが、先に父の利蔵が沈黙を割った。

「参った。これは素晴らしい。こんな手があったとはまったく気づきもしなかった。このとおり予算達成できるなら、私は他に思うところがない。アサエとの結婚を認めよう」

父がそう言ってくれたので思わず声をあげ、吾一さんに思い切り抱きついてしまった。

「冗談じゃない。素人がそんな売り上げを達成できるわけがない」

そう言うと、山崎さんは父から、吾一さんの資料をひったくるようにして手にした。山崎さんは資料を食い入るように見ていたが、プライドをずたずたにされたというていで、それ以上なにも言葉を発しなくなった。

「ベルリンで佐野さんにも報告しましたが、発電所を作り、人造絹糸を合成する方法も、余力があるうちに研究を始めたほうがよいでしょう。迅速に行動すれば、これだけで億単位の実入りになる可能性があると思います。そして、人造絹糸の需要が高まる時期が来たら、一気に商品を運びこんで市場を押さえれば、欧州においても中垣商会は唯一無二の存在になれましょう」

「いや、素晴らしい。アサエ、でかした。これで中垣家も安泰《あんたい》だ」

父がそう激賞《げきしょう》してくれたので、山崎さんはいよいよ何も言えなくなってしまった。

「完全に私の負けですね。私は最も大事なことを忘れていました。相手をあなどることなく全力を尽くすこと。仕方がない。負けは負けです。アサエさんのことはきれいさっぱり忘れます」

そう言って、山崎さんは握手を求めてきた。やむなく山崎さんと握手を交わした。

「それでは、私はこれで。お二人とも末永くお幸せに」

最後までキザったらしい人だ。とても山崎さんの気持ちは受け入れられなかったが、約束を守り、潔《いさぎよ》い態度を貫いた姿にほんの少しだけ好感を持った。

「早坂さん、約束どおり、アサエとの結婚を認めましょう。それで、今現在でいくらになっているんですかな?」

「いくらといいますと?」

父が気まずそうにそう言ったので、吾一さんは問い返した。

「ベルリンの佐野から聞いています。奨学金を複数の筋から出してもらっていると。私がすべて肩代わりしますから、返済してください。そしてあなたには今日付けで我が久留米紡績に入社していただく。給料は月給制で百円。賞与は三カ月分と成果報酬を年二回。そして、年一回の基本給の見直しということでいかがですかな。もっとも当面は、グループ企業である中垣商会へ出向し、旅順工科大学で人造絹糸と化学肥料の研究を続けていただく。そのうえで我が久留米紡績と中垣商会の事業方針決定などの仕事に携わっていただきたい」

百円といえば、現在の貨幣価値で四十万円前後の金額になるだろうか。奨学金の返済に苦しむ毎日から一転して、家庭を支えられるじゅうぶんな収入が得られる。しかも会社のお金で研究が続けられる。吾一さんにしてみればこれ以上の好条件はないのではないかと思われた。

「いかがかな？　悪い条件ではないと思うのだが」

「慎んでお受けいたします」

吾一さんは唖然《あぜん》としていたが、父の問いかけに我に返ったようにそう言った。

「あと一つ、早坂さんにお願いがあるのだが、私の息子になるつもりはないかね。つまり婿入りだが、こうしないと、もし私に万が一のことがあった時に、二人に会社や財産を相続させられないのだよ」

戦前、つまり大日本帝国と呼ばれていた時代は、今とは民法の規定が違っていた。長男が事実上、全ての遺産を相続する形となっていたので、長男坊が結核で夭折《ようせつ》した中垣家としては、父が亡くなると財産を失う法的なリスクが生まれてくるというわけだ。

「僕はすでに両親を送っていますし、兄弟もいませんから構いません」

「よし、ならば善は急げだ。二人とも今日から中垣商会の社宅に住めるように手配しよう。ただし、カトリックの教会法にならって、同棲を解消して別々に住んでもらう。そうしないと正式に結婚式が挙げられんからな。そして明日から、大連天主教堂（現在の大連カトリック教会）で結婚講座を受けてもらうぞ」

「お父様、実は……」

吾一さんには私がカトリック教徒であることは伝えていたが、カトリック教徒である私と結婚することは、洗礼を受けてカトリック教徒になる必要があることはまだ伝えていなかった。だが、吾一さんは予想外のことを口にした。

「神に出会ったのはアサエさんに出会うずいぶん前です。京都帝国大学でドイツ語を学んでいた時でした。おそろしく難解な聖書の言葉を夜通し読みました。その時はなぜそうするのかも理解できませんでしたが、きっとアサエさんに出会うためだったのだと今は思っています。ですからカトリックの洗礼を受けることはなんの迷いもありません」

「吾一さん」

涙が止まらなかった。父の前なのに、はばからず私は吾一さんに抱きついて泣いた。

カトリックの結婚講座は五カ月にわたる。すでに同居していたとはいうものの、正式に挙式できる日が待ち遠しかった。吾一さんは私のことを大事にしてくれたが、それがかえって申し訳なく感じる時もあった。もっとも、新生活はそれなりに毎日が忙しかった。ベルリンの佐野と連絡を取って、吾一さんのアパートの解約や荷物の大連までの移送、ベルリン大学から旅順工科大学へ編入するための手続きに必要な成績証明書や学位証明書の取り寄せで、時間はあっという間に過ぎた。結婚講座も残すところ五回となるころ、父の勧めでウエディングドレスの仕立てに出かけた。ウエディングドレスの仕立ては、弟たちを連れて母が大連へやってきて吾一さんとのあいさつをすませていたので、手伝ってもらうことにした。

「アサエ、これを式の日には身につけとかんね」

二回目のドレスの仕立ての日だった。母から錦《にしき》の袋に入ったものを渡された。開けてみると、懐剣《かいけん》が入っていた。

「代々、中垣家の女が嫁ぐ時はこれを持たせられたんよ。一度嫁いだら、旦那さんや子どものために生きて、戒《いまし》めを守れんようなら自ら命を絶てというご先祖様の厳しいお達したい。あたが高等女学校に上がる時に、田主丸《たぬしまる》の刀鍛冶《かたなかじ》さんに打ってもらったんよ。これからの生活の中でいろんなことがあると思うばってん、なんかあった時はこれを見て、惚《ほ》れた人に嫁いだ自分を思い出しんしゃい」

田主丸は、久留米の南にある、刀鍛冶などとは縁がないのどかな農村だ。ただ、たまたま母の知り合いが鍛冶屋を営んでいた。わざわざ私のために足を運んでくれたのだろう。

「お母さん……ありがとう」

母にしてみれば私は、父が勧めた人と一緒にならず、やりたい放題の親不孝な娘であるはずだ。だが、それでもこんなに愛してくれるのは母性のなせる業《ごう》なのだろう。改めて母の愛情が深く響いた。

「さあ、涙ばふきんしゃい。旦那さんに別嬪《べっぴん》さんになった姿ば見せんと」

母に介添えしてもらって、別室に待つ吾一さんのもとへ向かった。吾一さんは席を立って迎えてくれた。

「とてもきれいですよ、アサエさん」

「吾一さんも白い背広が素敵です」

私のドレス姿を見て、吾一さんはそう言ってくれた。吾一さんも別に仕立てた白い背広を合わせていたが、長身で細身の体型だけあって非常によく似合う。改めて結婚が近いことを感じて、私の心は躍った。

そして結婚式の当日。同慶街をタクシーで両親と弟たちと走り抜けながら、私は気分の高揚《こうよう》を抑えきれなかった。タクシーを降りて大連天主教堂の門をくぐると、聖堂のステンドグラスが私を迎えてくれた。ついにこの日が来たのだ。吾一さんと別室にわかれ、美容師さんに手伝ってもらいながら、ウエディングドレスに袖を通し、初めての化粧をする。

「とてもお美しいですよ。旦那様、幸せですわね」

美容師さんの言葉に心が和《なご》んだ。羽織袴《はおりはかますがた》姿の父も、黒留袖《くろとめそで》の母も、満足そうな笑みを浮かべていた。

「では、ご両親様、新婦様、お時間ですので」

荘厳《そうごん》なパイプオルガンの演奏の中、父にエスコートされてバージンロードを進むと、参列者から大きな拍手が沸いた。赤い絨毯《じゅうたん》が敷かれたバージンロードを歩き、神父様の指示で父から離れる。花嫁が歩くヴァージンロードは、花嫁の人生である「過去・現在・未来」を表していると言われている。教会の扉から聖壇まではこれまでの人生、新郎が待つ聖壇は今を表わし、そして、愛を誓った二人で歩くバージンロードはこれからの未来を表わすと言われている。

「みなさん、私たちは喜びの中で今日この日を迎え、早坂吾一さんと中垣アサエさんを囲んでこの祈りの家に集っています。お二人はいま、新しい家庭をもうけることを望んでおられます。この厳粛《げんしゅく》な時にあたり、共に祈りをささげ、今日、神が語られる言葉をお二人とともに聞きましょう。そして、父である神がお二人を祝福し、一つにしてくださるよう祈りましょう」

神父様の厳粛な言葉を聞いて、参列した信者が静かにアーメン（同意するの意）を唱《とな》えた。厳粛な空気が広がる中、聖歌隊の歌、神父様の聖書朗読と講話と式が進んでいく。

「それでは、夫婦になろうとするお二人に誓いを立てていただきましょう。お二人はこの結婚を自ら望んでいますか？」

「はい、望んでいます」

私と吾一さんの声が聖堂に響く。次に神父様は吾一さんに尋ねた。

「では、早坂吾一さん、あなたは中垣アサエさんを生涯の妻とすることを、ここに誓いますか？」

「はい、誓います」

「順境にあっても逆境にあっても、病気の時も、夫として生涯、愛と忠実を尽くすことを誓いますか？」

「はい、誓います」

「中垣アサエさん、あなたは早坂吾一さんを生涯の夫とすることを、ここに誓いますか？」

「はい、誓います」

「順境にあっても逆境にあっても、病気の時も、妻として生涯、愛と忠実を尽くすことを誓いますか？」

「はい、誓います」

「それでは、お二人に一緒に誓いを立てていただきましょう」

「私たちは生涯、互いに愛と忠実を尽くすことを誓います。順境にあっても逆境にあっても、病気の時も健康の時も、わたしたちは夫婦として、生涯､互いに愛と忠実を尽くすことを誓います」

神父様は厳粛な空気を押し返すように小さくうなずくと、高らかな声で宣言した。

「私はお二人の結婚が成立したことをここに宣言いたします。お二人が今、私たち一同の前でかわされた誓約を、神が祝福で固めてくださいますように。神が結ばれたものを、人が分けることはできません」

「それでは新郎と新婦は両の手で握手を」

私たちが両手で交わした握手の上に、神父様が手を置いて祈りをささげる。そして神に祈りをささげた結婚指輪を渡してくださった。厳かな空気の中で、お互いの薬指に指輪をはめる。割れるような拍手の中で、改めて吾一さんと夫婦として結ばれたことを実感できて涙があふれた。

吾一さんにハンカチを渡されたが、それがうれしくてまた涙があふれた。式の後、役所へ婚姻届を出し、簡単な披露宴をもうけてもらった。伯父や父の会社の取引先と会食をした後、社宅へ戻ったら二十時を過ぎていた。

「やっとというか、今になって夫婦になったという実感が湧いてきました」

「なんだか会食ものどを通らなかったですよね。おなかはすいてませんか？」

「正直いうとおなかがすきました。次から次にみなさんがお酒を注ぎにくるものですから。何も口にできなかったですし」

「それじゃ、酔い冷ましにお味噌汁とごはんを用意しますね。少しお待ちくださいね」

いりこで出汁をひいて味噌汁を作り、土鍋でごはんを炊いた。ありふれたことだが、本当に吾一さんの妻になったことを改めて噛みしめた。

「お待たせしました。召し上がれ」

吾一さんが両手を合わせて味噌汁とごはんをかきこむのを、まじまじと見つめていた。

「なにか顔についてましたか？」

「ううん、これからずっとこうして、吾一さんの顔を見ていられるんだなと思って」

「気恥ずかしいですが、僕も同じ気持ちです。きっと幸せとはこういう気持ちのことを言うんでしょうね」

そして食事を終えた後、床についたが、どちらから言い出すまでもなく、私たちは強く抱き合った。そしてその夜、私は吾一さんを深く、自分の体に刻《きざ》んだ。

満州の大地で

大連での新婚生活は、すぐに忙しい日常に埋もれた。吾一さんは、大学で学問を追究する立場ではあるものの、久留米紡績の幹部社員として二足のわらじを履《は》くことになったのだから当然である。父は吾一さんの博士号取得を待って、私たちを久留米へ連れて帰るつもりのようだった。実家を母と叔父に任せ、大連へ単身赴任してきた。吾一さんの才能にほれ込み、中垣商会を通じて、大陸でのシェアを伸ばそうと考えたらしかった。

「あなた、お弁当。ほら、忘れないでくださいね。今日のお帰りは？」

「大学のほうは昼までなんだけど、それから出社なんだ。接待がなければ十八時には帰ってこれると思う」

「お体が心配です。少し接待を遠慮されてはいかがですか？」

「そうしたいんだが、君のお父さんには頭が上がらないからねえ。とはいえ、体あってのことだから、できるだけ早く帰ってくるよ」

「行ってらっしゃいませ」

吾一さんは学問だけを追究してきたにもかかわらず、いざ会社員になると非凡な才能を発揮したようだった。そのため仕事を終わった後も、父が接待などで連れまわっていたようだったが、特に不平を言わないため、父も接待に吾一さんを同行させることをやめない状態だった。

私は結婚した年に第一子となる男の子を授かり、翌年に女の子を授かった。当初は家事と育児をこなすことで精いっぱいだったが、慣れて余裕が出てくると、中垣商会の仕事を手伝う日を作った。

「去年、田中義一内閣が山東省へ出兵を決めたが、この後どんな戦が起きるかね。戦のあるところに商機ありというからな。いや、まずは三人目の孫の顔が見られる日のことを、吾一君に聞くべきかの」

「お父様ったら」

父はあれだけ私たちの結婚に反対していたのに、吾一さんの才能を知るや、毎日べた褒《ぼ》めであった。何しろ、我が中垣商会のみならず、相談を受けた取引先が吾一さんの指示どおりに行動を起こすだけで、収益増になるのだ。しかもその取引先は、まるで対局相手から取り上げた将棋の駒のように中垣商会の収益増に寄与する手駒となっていくのだった。吾一さんは着実に守りを固めながら、誰もが想像できない先手を打つ商売のスタイルで、またたく間に大連の商業界で有名になった。ただし、中国との泥沼の戦争が始まっていることに日本人は気づいていなかった。戦争をすれば大量に物を消費するから、景気がよくなるといった単純な考えしか持っていなかったのである。

「残念ながら、山東省への出兵は泥沼の戦争を生みかねないと思います。短期決戦であれば、私たちに商機が訪れるでしょう。ですが、大連・旅順を租借《そしゃくち》地とするまでに莫大な戦費と兵士を失ったことを考えれば、こと商売だけに限っても慎重に考えるべきだと、私は思います」

山東省は中国の東にある広大な場所だ。海を挟んで、真向かいが朝鮮半島になる。その当時、朝鮮半島は事実上、日本の植民地だった。第一次世界大戦の際、日英同盟を口実に、山東省に進出していたドイツ軍を攻略してドイツの権益を奪って手にいれた場所だ。つまり、それだけきな臭い街だったわけである。海に面した山東省は、朝鮮半島から出撃した大日本帝国海軍が攻撃しやすくなる。それを突破口に中国大陸各地を攻撃する。素人の私でも簡単にわかる策略だった。日本が中国を刺激して、戦争を起こそうとする理由は、吾一さんからよく聞かされていた。日本は第一次世界大戦で勝利した。だが、関東大震災などの深刻な災害で不況になった。そこで一気に強くなったのが戦争を起こす声だ。

そのような中、当時の中国はバラバラに統治されていた。そのことに摩擦が絶えなかったが、蒋介石率いる国民革命軍が、満州を支配する張作霖などの北方の軍閥を支配下におくための国家統一戦争「北伐《ほくばつ》」を開始した。田中義一内閣は「邦人保護」を名目として山東省へ派兵することを決めた。商売人だけでなく、大多数の国民は熱を帯びた反応を示したが、吾一さんは真反対の意見を述べた。

「開拓中の支那の農地および工場用地を見直しましょう。今、手放せば土地が暴騰《ぼうとう》していますから利益増のうちに処分することができます」

「しかし、吾一君、あまりにも慎重すぎはしないかね？　たしかに君はこれまで見事な読みを見せてきたが、今回は臆病すぎると思うぞ」

「我々は少なくとも数年規模の世界的な不況の中にいることを意識すべきだと思います。いや、一部の経済人が言っているように、世界大恐慌が進行していると意識して行動を起こすべきです」

「しかし、こうやって大連は金が動いている。何の問題もない」

「お父さん、僕は世界全体の話をしているのです。経済大国がくしゃみをすれば、日本はひとたまりもありません。だいたい、お父さんだけでなく、大連の商業界の大ベテランも、台湾銀行が鈴木商店（後の日商岩井）をつぶすことは予想すらできなかったでしょう？」

「それを言われると耳が痛いな」

父はそう言うと頭をかいた。鈴木商店は、国営の台湾銀行が莫大な資本注入を行った大規模商社であったため、誰も破綻《はたん》するとは考えていなかった。しかし、吾一さんは、鈴木商店に掛け売りを行うと踏み倒されることになるのをいち早く警告していた。

第一次世界大戦後、造船業界が急激に冷え込んだ際に、鈴木商店の金子直吉は九社から船舶を現物出資させて国際汽船を設立し、自ら会長に収まった。また、神戸製鋼所と播磨造船所を合併させ、事業の再編を急いだ。しかしながら、ワシントンで海軍の軍縮条約が締結されたため造船の需要が伸びず、事業が悪化した。不運は重なるもので、関東大震災が起き、赤字はさらに膨《ふく》らんだ。

日本政府は、鈴木商店を擁護《ようご》し、鈴木商店はその後また事業を急拡張させた。世間は鈴木商店が政府からの資金注入を受けてV字回復したと疑わなかった。だが、吾一さんの指摘は鋭かった。事業の資金調達を台湾銀行一行だけに頼っているのは不自然と指摘したのである。銀行に資金調達を頼るとしたら、取引を止められれば会社が破綻する。そのリスクを避けるために、通常は複数の銀行から借り入れを作るのが普通である。逆にそれをやらないのは、他の銀行が金を貸せないほどひどい経営状態になっている可能性があると、吾一さんはにらんだのだった。

父や取引先は、吾一さんの警告に従って横浜正金銀行で手形の割引（手形を現金に換金できる日よりも前に、手数料を払って銀行などの第三者に譲渡して現金化すること）をする形で鈴木商店の売掛金を現金化した。その直後、一九二七（昭和二）年昭和金融恐慌の中で、鈴木商店は破綻した。まさに、吾一さんの慧眼《けいがん》で大規模な損失をこうむらずにすんだばかりだった。

「中国内陸部の土地を手放す理由は別にあります。ニューヨーク株式市場の値動きが明らかにおかしいです。穀物や貴金属といった、有事に激しく値動きする商品の取引がこの半年ほどの間に不自然なくらい活発になっています。日本と支那の間がきな臭くなり始めた以上、こういった情報は慎重に読み解くべきです」

「わかった。吾一君の言うとおりにしよう。ただし、土地の一割は残して様子を見させてもらえないか？」

「あまりお勧めしませんがいいと思います。ただし、あきらかに危うい状態になったら、すぐに売却してください」

当時、中国の遼東半島の大連・旅順一帯には、関東軍と呼ばれる軍隊が南満州鉄道警備のために駐留していた（一九一九年配備、本部は旅順）。その関東軍が中国に戦争をしかけるために起こした自作自演の事件が明るみになった。

現在の中国・遼寧省の省都瀋陽《しんよう》は、当時奉天《ほうてん》と呼ばれていた。その奉天市近郊で、日本の関東軍が、奉天軍閥の指導者である張作霖《ちょうさくりん》を暗殺した。関東軍はこの事件を、日本に抵抗する蒋介《しょうかい》石《せき》の国民革命軍の仕業に見せかけたが、真相がばれてしまった。そのことで、田中義一首相は昭和天皇から叱責されて失脚した。

今思えば、この時すでに日本は、あのいまわしい戦争の時代から引き返せない沖合まで船を出してしまっていた。その証に次々と政治はひどくなり、街で生きる私たちの生活も苦しくなっていくばかりだった。まるでドミノ倒しのような政治の崩壊はすさまじかった。

吾一さんの読みは当たった。一九二九（昭和四）年十月二十四日、アメリカのニューヨーク株式市場の株価が大暴落を起こし、世界中の銀行が波及を受けることとなった。いわゆる世界大恐慌の始まりである。生糸や紡績業はアメリカ向けの輸出が大打撃を受け、危機的な状況に陥《おちい》った。

一九三〇年一月、総辞職した田中義一内閣の後に成立した浜口雄幸《はまぐちおさち》内閣は金の輸出解禁を実施した。だが、世界的な恐慌の中で金の輸出解禁を行ったため、日本から海外へ金が流出し、日本の主軸産業だった絹糸の価格がさらに下がった。金は世界中の人が欲しがる貴金属である。それに対して、お金の本質はただの紙である。たとえば千円札は、みなが千円の価値があると思っているから、千円の価値があるのだ。もし千円札が使えなくなるという噂《うわさ》が広がったらどうなるだろうか。みな、千円札を捨てて、他の経済的な価値があるもの、たとえば食料などに変えるだろう。それに対して金は、世界中のみんながいつも欲しがる。特に戦争といったお金の価値が変わりやすい時は、むしろお金より価値があがることも珍しくない。浜口内閣はこともあろうに、世界中の人が欲しがる金を輸出してしまったため、日本がいよいよ虎の子の貯金をつかったと判断されてしまい、日本のお金に価値がないと思うようになってしまった。そのために物が売れなくなってしまったのだ。

幸運にも我が中垣商会は、吾一さんのアドバイスに従って生糸生産から大豆栽培にシフトし、紡績は六割方を欧州市場向けの人造絹糸に切り替え終わるところだった。まったく被害をこうむらなかったわけではなかったが、名だたる企業が倒産した。当時の日本の主力産業は絹糸だったから、絹糸商品が全く売れなくなり、日本の紙幣が紙くずになりかねない中、いち早く他社への売掛金を現金化して貴金属にして備蓄したため、かすり傷程度で踏みとどまることができた。

とはいえ、いつ恐慌状態から脱出できるかもわからず、漫然とした状態が続く中、私たち夫婦は年を越した。社員の大半は営業に回って商品を売り、在庫を残さないように必死であった。吾一さんも慣れない営業活動に奔走《ほんそう》し、日々の仕事と大学での研究生活で疲労が積み重なっていくのが目に見えるようだった。そして、一九三一（昭和六）年の九月十八日の朝、忘れもしない事件が起きたのだった。

「臨時ニュースを申し上げます。こちらは大連実験放送局です。昨日夜半、張学良軍が柳条湖付近で南満州鉄道の線路を爆破。日本軍守備隊との間で戦闘が起こり、やむをえず張学良軍の本拠地・北大営を占領しました。繰り返します……」

朝食の支度をしていた時、ラジオから飛び込んできたニュースに、私と吾一さんは思わず手をとめた。

「いったい何が起きたんでしょうか」

「今の時点ではわからないが、日本が支那と交戦状態になったのは間違いないな。今日は大学を休むとしよう」

「あら、よろしいんですか？　博士号論文の提出でお忙しいのでは？」

「そうなんだが、それ以上に会社が危急な状態になるのは間違いなさそうだからね。アサエは、お父さんと役員を必ず出勤させるようにみんなに連絡してくれ」

そう言うと、吾一さんは朝食もとらず、会社へ出社してしまった。なぜか、その姿に強い不安を感じたが無理もなかった。この日から十五年間にわたって、国民が熱に浮かされて招いた戦争に、日本人一人ひとりが苦渋をなめさせられる始まりの日となったからだ。

「しかし、吾一君、少々臆病すぎはしないかね。どのみち戦争となれば一大商機だ。ニューヨークの株式市場暴落以来の好機ととらえるべきではないかね」

子どもたちをお手伝いさんに預けると、私も吾一さんの後を追って中垣商会に出社した。伯父と父を筆頭に次々と出社してくる役員たちにお茶を出したが、皆、お茶などそっちのけで、吾一さんと熱く議論を交わしていた。

「今日起きた関東軍と張学良軍の武力衝突は、日本側の工作の可能性が高いです。そうなると、日本は国際社会から非難を受けて、我が中垣商会も欧州市場は縮小せざるをえないでしょう」

「その根拠は何かね。今朝の列車爆破事件が日本側の自作自演という根拠だ」

年配の役員がさも面白くなさそうに尋ねた。

「明確な根拠はありません。しかしながら限りなく疑わしいのは間違いありません。ご存じのとおり、外交努力で世界と融和しようとしていた浜口雄幸首相と関東軍は水と油でした。関東軍だけではありません。浜口首相が暗殺されたことからもわかるように、国益確保のためには戦争も辞さないというのが世論の大勢です。それからすれば、今朝の事件は世論から批判されないとふんだ関東軍の工作の可能性が高いことは否定できないでしょう」

田中義一首相の後続の浜口雄幸首相は、田中首相と違って世界との融和を政治姿勢に打ち出した首相だった。総じて海外からの評価も高かった。だが、ロンドン海軍軍縮会議において、日本側の海軍の艦船を少なくするという条約に批准したために右翼に襲われ、それが元で死亡したばかりだった。

日本中にきな臭い空気が急速に広がりつつあった。誰もがそれは承知していたが、軍部が力を持つことは、生活を苦しめる不況を払拭《ふっしょく》するためのやむをえない代償《だいしょう》としか考えていなかった。それがゆえに、中垣商会の役員たちは軍部の暴走や戦争も目をつぶるべきという意見を唱え、吾一さんと真っ向から対立した。何度も会議の場が持たれたが、欧州市場を縮小させ、中国における耕作地開発の一時停止という吾一さんの意見は通らなかった。

「まあ、吾一君、君が先を読む力に我々はついていけんのが正直なところだが、ここはどうだろう。若槻礼次郎《わかつきれいじろう》内閣が日本軍と支那軍の衝突について拡大させない方針を決定したから、しばらく様子を見てはどうだろうか。もし君の言うとおり、日本がこの事件で国際社会から非難を浴びるようになることが確実になったら、即、方針を君の言うとおりに切り替えるというのはどうかね。それならと他の役員も納得してくれているから、このあたりが落としどころじゃと思うが」

頑《がん》として意見を譲らない吾一さんを諭《さと》すように父がそう言った。

「そうですね、その選択をするなら稼げるうちに、欧州市場から収益を回収したほうがよいかと思います。ちょうどわが社の人造絹糸は欧州市場で需要が高まっていますので」

役員たちとの激論の結果、会社としての方針が下りたのは一週間後だった。だが皮肉にもその直後、吾一さんの言うとおり、中国は国際連盟に対して、柳条湖の満鉄爆破事件は日本軍のテロだと提訴した。またそれを裏付けるように、爆破事件の直後、関東軍は日本軍に爆殺された張作霖の息子・張学良の軍司令部がある錦州を爆撃した。錦州は当時日本の植民地だった朝鮮半島の西にある街である。新聞には「錦州政府を掃討」と勇ましい見出しが躍っていたが、要するに民間人も巻き込んだ、容赦ない無差別爆撃を行ったということである。

「あなた、そんなに新聞ばかり見て一息入れたらいかがですか？」

まるで新聞に穴があくように紙面を繰っては読んでいる吾一さんに声をかけたが、まったく返事がない。三度目のお茶を入れ替えた時にようやく、吾一さんはお茶に口をつけた。

「これは大変なことになったな」

「いったい、どうなったんですか？」

「日本は本気で支那全土を入手しようとしている。錦州の無差別爆撃をみれば、資源・食糧・金融の中心地になっている支那中の中心地を無差別攻撃していくだろう」

国際連盟の理事会は、満州に展開していた日本軍の撤退を勧告したため、欧州の一部で日本製品の不買運動が起こり、一時的に欧州向け人造絹糸製品の在庫がだぶつくこととなった。製造を減らして、アジア市場に回すことで売り抜くことができたが、今後、欧州市場が縮小していくことは火を見るよりも明らかだった。人々が戦争を望んだのは不況の打開のためであったが、景気はまったく逆に進みつつあった。しかも軍部が政治を掌握《しょうあく》し始め、柳条湖事件以来、軍部は国内外とも確実に暴走を始めたのである。また、吾一さんの言うとおりになったのである。

翌年の一九三二（昭和七）年一月八日、昭和天皇が関東軍の柳条湖での事件を称賛する勅語を発した。そのため、日本の満州侵略は国策となる空気がたちまち醸成《じょうせい》された。三月一日には、関東軍が清朝の廃帝である溥儀を迎え、「満州国」建国を宣言したが、関東軍の行動を見てのことか、日本国内の軍隊もクーデターを起こした。五月十五日には、海軍の青年将校が国家改造をとなえて、犬養毅首相を暗殺してしまった。

翌年の一九三三（昭和八）年の二月二十四日には、さらに日本が国際社会から孤立する事件が起きる。国際連盟から派遣されて柳条湖事件を調査していたリットンらの調査報告書にあった、「柳条湖事件は、日本軍の自作自演によって引き起こされた南満州鉄道列車爆破事件である。満州国建国は柳条湖事件をこじつけとして起こした侵略行為」に、日本側は徹底抗議したのである。この日の国際連盟総会で日本政府から全権委任された松岡洋右《まつおかようすけ》が、国際連盟脱退を宣言して退席した。日本は国際連盟を脱退したうえに、「満州国」を事実上の植民地として支配下に置き、文字どおり世界と対立することとなった。

「あなた、出社は遅らせてよろしいんですか？」

今のようにインターネットで簡単に情報が手に入る時代ではない。吾一さんは出社を遅らせて、新聞を隅から隅まで目を通し、可能な限りラジオ放送を聞いていた。

「定時に出社するだけが仕事ではあるまい。情報をできるだけ集めることで会社の命運を変えることができる」

そう言って、吾一さんは出社時間などお構いなしに情報収集を続けてきた。

中垣商会も厳しい商売を強いられることとなったが、吾一さんは、備蓄していた金や貴金属で新たに建国された「満州国」内の荒れ地を買い、土壌改良を行って大豆生産に力を入れる方針を打ち出した。大豆は不況下でも世界中で需要があることがわかっていたからである。しかしながら、土地の買収は困難をきわめた。中国人の地主から反感を買うばかりで、契約に至るどころか、土地買収の妨害工作を受けることもあった。

「お前たちに土地なぞ売れない。帰れ日本人」

吾一さんの後について、私も土地の買い取りについて説明をして回ったが、中国語で厳しく責められ、涙をこぼしそうになることがあった。そんな時は人目もはばからず十字架《ロザリオ》を取り出して祈った。

「あなたもカトリック教徒なのか？」

中国語で厳しく責められ、あまりにもつらくて十字架《ロザリオ》を取り出して祈った時だった。私に厳しい言葉を投げた中国人男性が流ちょうな日本語で話しかけてきた。

「日本語がわかるんですか？」

「神戸に住んでいたからね。日本語は貿易の仕事をしていた時に勉強したんだよ。それより君は私の質問に答えてないが」

「はい、私だけでなく夫もカトリック教徒ですし、私の家は数百年前から信仰を貫いてきました」

「なるほど、少しは接点が見つかりそうだね。それでなぜ、土地が必要なんだ？」

「満州で大豆を作って世界に売り、一人でも多くの方と豊さを共有したいと考えています。私の夫は農産物を増産する技術の専門家なんです」

「豊かさを共有する……か。それは日本人の間だけで豊かさを共有するということだろう？我々からしてみれば、ここは〝満州国〟ではない。俺たちが生まれ育った故郷なんだ」

上ぼこりですすけたシャツを着た男性は、腕まくりをするとそう言った。鋭い眼光に思わず身じろぎした時だった。吾一さんが間に割って説明してくれた。

「私たちはイエスが五千人にパンを与えた奇跡を体現しようと考えています」

大真面目な吾一さんの話ぶりに、中国人男性はあっけにとられていたが、やがて笑い出した。

「こりゃ傑作だ。農作物どころか、雑草すらなかなか生えないこの土地に、イエスがパンを与えた奇跡を体現するっていうのか？　ありあまる農作物ができるっていうのか？　まさかこんなところでキリストに会うとは思わなかったぜ」

「真面目な話ですよ。にわかには信じてもらえないかもしれませんが、今は空気から肥料を作ることができるんです」

「面白そうな話だが、今一つ信じられないな。仮に君が言うことが事実でも、土地を買ったが最後、関東軍の施設や武器工場を建設するんじゃないのか？」

「そう思われるのも無理はないですね。では、こうしませんか？　土地の売買のことは一切不問にして、あなたたちに大豆を栽培してもらう。それを我々が独占的に買い取るという契約では？もちろん、土壌改良作業の指導料、肥料や種の配布、そして農機具の貸し出しは無料です。私たちが全面的に支援します」

「そこまでして、君たちに利益があるとは思えんが」

「利益があるから、こうしてご相談しているわけです」

いつものように吾一さんは淡々と話していたが、中国人男性はそれが気に入ったらしい。また笑うと、吾一さんに握手を求めた。

「面白い。あんたの目には嘘の光がない。国民党軍やら共産党軍やらわけのわからん軍閥とつるむよりは面白いことができそうだ。俺は李明軒《リミンシェン》。あんたは？」

「中垣商会の中垣吾一と申します。こちらは妻のアサエです」

「こりゃ驚いた。こんなところまで中垣商会がやってくるとはな」

李と名乗る男性は、吾一さんから名刺を受け取ると驚いた表情を見せた。

「うちの会社をご存じなんですか？」

「知ってるもなにも、家庭製品全部をあんたの会社から買ってるよ」

今度は私たちが笑わずにはいられなかった。そのせいで気分がほぐれ、肩ひじ張らぬ話ができそうな雰囲気になった。

「君たちの話の趣旨はわかった。私たちを尊重してくれて新しい仕事を提供してくれるのはありがたい。ただ、この界隈《かいわい》の地主は正論をぶったところで言うことは聞かないぜ。なにしろ、俺を含めて紅幇《ホンパン》ばかりだからな」

「ホンパン？」

「ああ、もともとは大半が四川《しせん》からの流れ者や賊《ぞく》だが、結社を作ってこの地で生活を支えあってきた。その一つが紅幇だ。イギリスが清にアヘンを流し始めたころから武装して、ずっとよそ者を排除してきた。あんたら、よくここまで無傷でやってこれたよ。俺たちは日清戦争の際に、日本人に銃を向けた人間だぜ。土地を売ってくれなんて言った日には銃殺されかねんぞ」

「なるほど、誰一人として耳を傾けてくれないはずですね。これは交渉のテーブルについてもらうのは相当厳しそうですね」

吾一さんがそう言うと、李と名乗る男は言葉をつないだ。

「まあ、心配するな。俺が取り計らってやる。それより兄弟、今日は俺の家に泊まっていけよ。ここいらあたりの連中を一気に手なづけて、大豆の耕作地をまとめて手に入れられるぞ」

私と吾一さんは無言のまま顔を見合わせて、この調子が良い男の言うことに従うべきか話し合った。だが、他に打開策がないため、李と名乗る男の後に続いて歩いた。

「さあ、遠慮せず入ってくれ」

李の言うままに後をついていくと、畑の中から十軒ほどの民家が現れた。どうやら、李の自宅らしい。いささか心配だったが、李に勧められるままに玄関をくぐった。中国の農村らしい民家のつくりで、土間が広く、かまどを備えた炊事場で女性たちが食事の用意をしていた。

「おおい、ちょっと手をとめてくれ。今日は客人を連れてきた。俺たちと商売の話をしたいらしい日本人だ」

中国語は理解できなかったが、日本人《リーベンレン》という発音は聞き取れた。だが、不幸にもその言葉を聞き取れたことでわかったのは、李の家人に自分たちが歓迎されていないということだった。李の家人は、私たちをきつい目でにらんだかと思うと、何やら李と口論を始めたのである。

「騒々しくてすまないな。妻は日清戦争で父親を亡くしていてね。複雑な感情を心の内に抱えたままなんだ。気にしないでくれ。ところで、あんたたちに見せたいものがある。我々カトリックを信仰する紅幇は信者だけで集って祈りをささげる。神父がいないからその程度しかできないんだが、その場所で君たちを紹介しようと思う。そしたら大豆栽培の話もしやすくなるだろう？」

「聞きにくいんだが……」

「なんだ？」

吾一さんがいきなり口を開いたので、李は不機嫌そうな声を出した。

「幇《パン》というと、日本人はおろか、他の地方の中国人にも排他的な考えを持つと聞いていたんだが、大丈夫なのか？」

「排他的というのはそのとおりだ。それどころか、こいつらはほっとくと仲間割れしかねない。だが、キリスト教は俺たちの結束を作っている。つまり、お前らも排除されないってことさ」

少し出来すぎた話だ。罠《わな》かもしれない。しかし、虎穴《こけつ》に入《い》らずんば虎子《こじ》を得《え》ずともいう。そもそも自分たちが大豆栽培のもうけ話を持ち出したわけだ。罠が待ち構えているリスクは低いだろう。ここはリスクを承知で押すしかないだろうと思った時だった。吾一さんも同じことを考えていたようで、了承する旨の返事をした。

「ありがとうございます。ぜひ、お仲間も紹介してください」

「その前に俺たちの流儀に従ってもらおう。酒は飲めるクチか？」

「多少は」

吾一さんがそう言うと、李は満足そうな笑みを浮かべてカップを二つ用意すると、酒らしきものを注《そそ》ぎ始めた。

「コウリャンという穀物《こくもつ》で作った焼酎《しょうちゅう》だ。かなり効《き》くぜ。義兄弟の盃《さかずき》をこれで交《か》わそう」

焼酎をなみなみとついだカップを手に取ると、吾一さんとカップを合わせ、一気に飲み干した。吾一さんもそれに倣《なら》って一気に飲み干したが、アルコール度数が高いためか、少しむせてしまった。だが、李はいたって上機嫌だった。

「よーしよし、これで俺たちは紅幇の義兄弟だ。お互い腹の内側を探り合うような真似はご法度《はっと》だ。まずはメシだ。それからわが紅幇の幹部が集まるミサに参加してもらう。その際に君たちが提案してきた大豆栽培について彼らに説明してやる」

李が家人に合図すると、次々と料理がテーブルに運ばれてきた。見たこともない大陸料理ばかりだが、どれも香辛料がきいていておいしそうだ。李は私たちが箸をつけようとすると押しとどめて、全ての料理を少しずつ取り、自ら口にした。

「毒見したぜ。これで大丈夫なことがわかるだろう？　さあどんどん箸をつけてくれ。うちの妻は四川出身だから辛い料理が多いが、飯によく合うと思うよ」

「おいしい」

吾一さんも私も思わずうなり声をあげた。ただ辛いだけではなく、甘味と酸味が複雑に折り重なっていて、くせになりそうなおいしさだ。がっついて私たちが食事をとるのをみて、李は大きく笑った。

「わははは、天下の中垣商会が夢中になるおいしさとは光栄だな。妻が喜んでるよ」

私たちの姿を見て、よそよそしかった李の妻の顔に笑顔が見えた。

「奇妙だと思うだろ。歓待《かんたい》すると言いながら毒見をするなんて。これが支那の、いやこの国の実態なんだ。残念ながら中華民国は日本のように一枚岩の国ではない。国民党、共産党、各地の軍閥の覇権争いで人々は疲弊《ひへい》しきっている。そんな中で自らの生活を立てていくには、確実に生活の糧《かて》となるものを与えてくれる存在だ。だから俺はあんたたちを信頼してみようと思ったわけさ」

次々と出される料理を堪能し、食後の茶を楽しんでいた時だった。李がぽつりとそう言った。

「李さん、一つ聞いていいですか？　神戸で働いていたとおっしゃっていましたが、どういったいきさつで日本へ渡られたんですか？　洗礼は日本で受けられたんですか？」

私がそう尋ねると、李は少しさみしそうな顔をした。

「洗礼は生まれてすぐこの地で受けた。洗礼を授けてくれたのは、皮肉にも中国をアヘン漬けにした英国人の神父だったがね。日本へ渡ったのは生活をなんとかするためさ。ご覧のとおり、うちを含めて周囲は農家だ。だが、もともと土地が痩《や》せていて農作物の取《と》れ高《だか》がしれてるから、農業だけでは家族を養っていけない。そんなわけで、飯を食うために模索しているうちに流れ着いたってとこかな。我が清を打ち破った強国の日本で仕事をすれば、なにかがつかめるかもしれないと思ったことも大きい。まあ、得られたものは、日本の大学での学びと少しの蓄えだけだったがね。だから、見切りをつけてこちらに戻ってきたのさ」

吾一さんは黙って李の身の上話を聞いていた。なにか思うところがあるようだった。この人は物静かだが、情に厚く心が広い人だ。そして、貧しさの中で苦しんだことは忘れていないはずだ。李や李につながる貧しい人たちを農作物で豊かにすることを強く心に刻んでいるのだろう。そう思っていたら、吾一さんは言葉をつないだ。

「私も貧しい育ちでした。だから兄弟、貧しさという理不尽に甘んじざるをえなかった君の辛さはよく理解できます。私自身、鍬《くわ》をふるいますし、会社が全力で豊かな農作物が取れるよう支援をしていきます。みなさんが腹を減らさず、暖かい家で眠れるようにしましょう」

「ありがとう、兄弟」

出会ってわずか数時間だが、吾一さんも李も貧しさに甘んじざるをえなかった辛い時間が、心を急速に近づけているようだった。まるで旧知の仲のように見える二人に驚いたが、出会うべくして出会ったのかもしれないと思った。

「李、いるか？　そろそろミサの時間だが」

誰かが玄関のドアを叩き、呼びかける声がした。

「紅幇の幹部が来たようだ。そろそろ行こうか」

「はい」

席を立って玄関を開けると、紅幇の幹部らしき人たちとはちあわせになった。

「李よ、誰なんだ。この人たちは？」

「私の大事な客人だ。日本人だが、有益な話を持ってきてくれたので皆に紹介したい」

何を会話しているのか、さっぱり理解できなかったが、異邦人の我々を連れていくことについて意見が割れていることはわかった。紅幇の幹部が我々をなめまわすように見ていたからだ。吾一さんが十字架《ロザリオ》を手に取ったので、私もとっさに十字架《ロザリオ》を取り出した。なるほど、李が言うとおり紅幇の幹部もカトリック教徒なら、十字架《ロザリオ》を取り出すだけで敵意がないことを示せるかもしれない。読みは当たった。紅幇の幹部は我々が十字架《ロザリオ》を持っているのを見て、大きく目を見張った。

「そういうわけだ。ミサに参加してもらって問題ないだろ？」

紅幇の幹部たちは何も言わなかった。私たちは李の後に続いて表へ出た。

なんとも居心地が悪かった。どうやら、紅幇の幹部はミサに参加することを許してくれたようだが、完全に警戒を解いていないのがありありとわかった。李を先頭に我々を挟んで最後尾になるように歩き始めたからだった。

「悪く思わないでくれ。さっき話したとおり、このあたりの連中はよそ者が来るのを異様なくらいに警戒するんだ。君たちが中国人であっても同じ態度をとるはずだ」

李はそう言ってくれたものの、居心地が悪いのは相変わらずである。ほどなくして、集落の端にある大きな納屋のような建物に案内された。李に続いて中に入ると、すでに多くの人が集まっていた。私たちに気づくやいなや、中にいた人たちがいっせいに視線を向けた。だが十字架を手にしているのに気づいて、混乱したように騒ぎ始めた。

「みんな聞いてくれ。彼らは日本人だが同じカトリック教徒だ。ミサに賜《たまわ》りたいそうだから、あたたかく迎えてやってくれ」

李がそう言うと、ぽつぽつと拍手が沸き、すぐに割れるような拍手になった。歓待されているのがわかって胸をなで下ろしていると、足踏みオルガンが鳴り始め、皆が讃美歌を歌い始めた。彼らは中国語で歌っていたが、どの讃美歌かはすぐにわかった。日本語で同じく歌うと、歌い終わった後に再び拍手が沸いた。

「兄弟、ふだんは讃美歌を歌った後、交代で聖書を音読してるんだが、歓待ムードだから、あいさつがてら話をしてくれないか。俺が通訳をするから」

「みなさん、今日はあたたかくミサに迎えてくれてありがとうございます。ところで、旧約ではありませんが、みなさんはルカによる福音書第八章四節に記されているイエスのたとえ話をご存じでしょうか」

吾一さんがそう言うと、旧約聖書しかもっていない大多数の人が聖書のページをめくるのをあきらめ、吾一さんの話に耳を傾けた。


大勢の群衆が集まり、方々《ほうぼう》の町から人々がそばに来たので、イエスはたとえを用いてお話しになった。『種を蒔《ま》く人が種蒔きに出て行った。蒔いている間に、ある種は道端《みちばた》に落ち、人に踏みつけられ、空の鳥が食べてしまった。ほかの種は石地に落ち、芽は出たが、水気がないので枯れてしまった。ほかの種は茨《いばら》の中に落ち、茨も一緒に伸びて、押しかぶさってしまった。また、ほかの種は良い土地に落ち、生え出て、百倍の実を結んだ』。イエスはこのように話して、『聞く耳のある者は聞きなさい』と大声で言われた。

（新約聖書　ルカによる福音書　第八章四節〜八節）

吾一さんは、キリストの弟子であり、医師であったルカという人物が記した「種蒔きのたとえ」を説いた。畑以外の土地に蒔かれた種は、実を結ぶどころか、踏みつけられたり、鳥に食べられてしまう。だが、肥えた土が満ちた畑に蒔かれた種は豊かな実を結ぶ。キリスト教の教義である、相手の罪を許し、また、他者と良好な関係を結ぶ努力をすればともに豊かになれる。つまり、協力して大豆耕作を行えば、ともに豊かになれると説いたのだ。

「イエスは自らの罪を戒め、隣人を愛し許すことを説かれました。今の日本と支那は、残念ながら強く祈ることが必要な関係です。そこで私は、このイエスのたとえのように、皆さんの畑に百倍の実りがあるように祈りたいと考え、李さんに相談させていただきました」

吾一さんがそう言うと、李は笑い出した。

「はっはっは、兄弟、お前は頭が切れるやつだな。まさか、聖書のたとえを使って大豆栽培を売り込むとは思わなかったぜ」

李が吾一さんの発言を訳すと、集まっていた人たちがざわつきだした。

「本当にそんなことが可能なのかと言ってるぜ。無理もない。説明してやってくれるか？」

「私は日本の帝国大学で農作物の増産の研究を行ってきました。そして今では、旅順工科大学で研究を行っています。みなさんの畑の実りが薄いのは、行いが悪いわけではありません。植物が育つのに必要な栄養素のうち、窒素という成分が足らないためです。今は空気から肥料を作ることができますので、それらを施すだけで取れ高が劇的《げきてき》に変わるんです」

「そんなうまいことを言って、お前たちは俺たちから土地を取り上げようとしているんじゃないのか？」

誰かが放った一言であっという間に騒々しくなり、物を投げつける者まで出てきた。

「みなさん、安心してください。私たちは皆さんに大豆を作ってほしいだけなんです。土壌改良を行って土を肥し、農機具や肥料も提供しましょう。ただし、できあがった農作物は私たちに買い取らせてください。もちろん、みなさんが家庭生活で消費する作物を作るのは自由です」

「そんなうまい話があるわけがない。お前は信用できない」

一人から批判意見が飛び出すと、たちまち全員が批判意見を唱えはじめた。

「わかった。もうお前らには頼まない。俺はこいつと組むが、あとで後悔しても知らんぞ」

批判意見をねじ伏せるように、李が大声でどなった。たちまち水を打ったように静かになったが、李の怒りはおさまらないようだった。

「お前たちは座して今の貧しさに甘んじるのか？　今の貧しさから抜け出すために、同じ信仰を持つ日本人が手を差し伸べてくれたことを恩寵《おんちょう》とはとらえられないのか？　もし、この申し出を断るなら、いったいどんな条件なら救いの手を受け入れるというんだ？　よく頭を冷やして考えたほうがいいんじゃないのか？」

ものすごい剣幕《けんまく》だった。中国語で早口でまくしたてるので、何を言っているのかさっぱり理解できなかったが、自ら動こうとしない彼らを批判していることは容易に想像がついた。


「これが化学肥料ってやつか、兄弟」

「そのとおりだ。アンモニアという化学物質を合成して製造するんだ。その前にまずは土壌改良が必要だな。石灰を撒《ま》いて畑を消毒して中和するんだ。そのうえで化学肥料を混ぜて土を肥やしていくんだ」

結局、村の人々は誰一人として私たちの提案に賛同しなかった。やむをえず、私たちはまずは李が持っている畑の土壌改良から行うことにした。吾一さんは驚いていたが、日本では常識となっている農業技術を、李はほとんど持ち合わせていなかった。たしかに土地が痩せていて作物が取れにくいのは事実だが、実りが少ないのは農業技術が稚拙《ちせつ》なことも大きかった。仕方がないので、そういったこともサポートすることにした。

「この石灰を一袋分、まんべんなく畑に撒いたあと、化学肥料を一袋まんべんなく撒いて土を三十センチ以上掘り起こしてよく空気を含ませること。それができたら、二十センチくらいの間隔で三粒ずつ大豆を植えていくんだ。水やりは二日に一回でよい」

李は半信半疑の様子だった。白い結晶状の薬品である化学肥料が、本当に作物の取れ高を増やしてくれるのか、農業知識がないなら疑問に思うのも無理はないのかもしれない。

「では、私たちはいったん大連に戻る。二週間後に戻ってくるから、他に必要なことはその時教えよう」

他の事業の取り組みがあるので、私たちはいったん浪花町の中垣商会本社へ戻った。そして約束どおり二週間後、李の畑を再訪したのだが、異様な光景をみたのだった。

「先生、この前の失礼をどうかお許しください。私にも大豆栽培の技術を伝授《でんじゅ》してください」

大勢の村民から手をとって歓待《かんたい》され、懇願《こんがん》された。早口の中国語で村民たちにたたみかけられ、吾一さんと私が戸惑《とまど》っていると、李が説明してくれた。

「大豆栽培を教えてもらいたいんだとさ。俺の畑を見てくれよ」

李に促されて畑まで移動すると、私たちも思わず声をあげてしまった。赤茶けた土しか見えなかった李の畑が一面、緑色の大豆の双葉でおおわれていたからである。大多数の村民が痩せた土地を回復させる方法を知らず、また最低限の農業知識もなかった。そのため、種を蒔いてもごくわずかしか、芽吹く姿をみることがかなわなかった。それがたった二週間で、彼らの常識が打ち破られたのだ。吾一さんに教えを乞う人が急増するのも無理はなかった。

「この様子だと、見渡す限り大豆畑になるのも時間の問題だな、兄弟」

鼻高々《はなたかだか》というふうに笑った李にこたえるように、吾一さんは右手を差し出すと、李と堅い握手を交わした。

中垣商会との大豆契約栽培に賛同する農家は、あっというまに五千軒を超えた。李らがトップに立つ紅幇は全員が加入したが、それだけにとどまらなかった。リスクゼロで農作物を現金化できる機会を得られるというのは大きいようで、口コミであっという間に噂が広がった。中国人農家と摩擦なく大豆栽培を委託できるのはありがたかったが、新たに問題も生じた。契約を希望する大半の農家が、日本では常識とされている農作物の栽培知識を身につけていないため、一定以上の教育が必要になることだった。

「兄弟、頼みがあるんだが」

「何だ？　いまさら水臭いじゃないか」

「大半の栽培希望者が農業の知識が皆無なんだ。それで三軒単位で一つの班を作ってもらい、知識があるものが班長になって残りの二軒を指導するという方法を取り入れたいんだ。もちろん、タダとはいわない。指導者には報酬を支払うし、大豆の買い取り価格を割り増しする。兄弟はその総元締めになってほしいんだ」

「そりゃ、光栄だ」

「農家全員が生産する大豆の五パーセントを渡そう。もちろんそれもわが社が買い取っても構わないし、兄弟が自家消費しても転売しても構わない」

「おいおい大丈夫か？　商売人にしては大盤振《おおばんぶ》る舞《ま》いだが」

「最初に言っただろう？　豊かさを共有したいと」

「どこまでも正直すぎるやつだな」

吾一さんがそう言うと、李は大きく笑った。吾一さんが提唱したこの方法は、とてもうまく機能した。やがて初めての実りの時が来ると、あちこちの農家が歓声に沸いた。中垣商会が貸し出した脱穀機《だっこくき》を使って刈り取った大豆の収穫を行う作業や、大豆の買い取りでどの農家もにぎやかだった。

中垣商会に売却した大豆で得た現金で、家を建て直したり、子どもの教育費に充《あ》てる農家も出てきた。みな、売上金の使い道は様々だったが、豊かさを共有できているのは間違いなかった。私と吾一さんだけでなく、中垣商会の社員はどの農家にも親しみを持って接してもらえるようになった。

世界は未曾有《みぞう》の不況の中ではあった。だが、この時代に最も価値が高い換金作物の一つである大豆を量産できたおかげで、かかわるすべての人が裕福になれたのは素晴らしかった。それから三年、皆が農作物増産の知識を身につけ、綿花などのさらに換金性が高い作物まで栽培する農家も出てくるようになった。まさに固い絆で農家と中垣商会が結ばれ、全員一丸となって豊かさのための農業を実践したが、外からの力で亀裂を入れられることとなった。一九三七（昭和十二）年七月七日、北京郊外の盧溝橋《ろこうきょう》で日本と中国の軍事衝突が発生。日中全面戦争が勃発したのである。

「なんということだ。ここまでうまく進めることができたのに」

朝食時にラジオで、日中戦争開戦の報を聞いた吾一さんが思わずそう言ったが、無理もなかった。柳条湖事件のような一部地域の武力衝突ならまだいざ知らず、国家と国家が交戦を開始したとなると、大豆栽培を契約した農家たちの対日感情が悪化し、耕作放棄につながる可能性が高い。

「なんとか、李に説得してもらおう。いや、李すらも私たちの頼みを聞き入れてくれないかもしれないが……」

吾一さんが苦々しく言った。村民たちから厳しい批判を受けることを覚悟で村にでかけたが、批判意見をぶつけてくる村民は誰一人としていなかった。むしろ、丁寧に出迎える村民ばかりで拍子抜けしてしまった。

「おお、兄弟よく来てくれた。おかげで大豆の成長も順調だよ」

李からにこやかに出迎えてもらったが、誰一人として日本と中国の開戦について話題にしない。仕方がないと思ったのか、吾一さんは重たい口を開いた。

「なあ……兄弟、言いにくい話なんだが、日本と支那が交戦状態になった」

「ああ、そうらしいな。それが大豆栽培に何か影響があるのか。まあ、ここが戦場になるなら村民全体で阻止するから、ありえないと思うが」

李はそう言った後、私と吾一さんが不安に感じていることに気づいたのか、言葉をつないだ。

「兄弟、ひょっとして我々が耕作放棄をしたりしないか心配しているのか？　心配するな。ここまで生活を豊かにしてもらえる手段を手放したりせんよ。それに我々は我々だ。我々はこの土地の人間であって、支那でも〝満州国〟の人間でもない。それに相手がいかなる人間であっても、恩を受けたら最大の礼をもって尽くすのが我々の流儀だ。見ろ、お前はもはや我々の救世主だ」

振り返ると、畑で農作業を行っていた村民たちが吾一さんに両手を合わせていた。中には、「師父、師父」と熱狂的に叫んでいる者もいた。村民たちとの信頼関係は揺るぎがないことが見てとれた。私たちと李、そして村民の間に固い絆が生まれていた。そのことがありがたく、思わず涙があふれた。

「おいおい、大げさだな。涙をふけよ。俺たちはこれからも大豆を作り続けるから安心してくれ」

いつのまにか、赤茶けていたすべての畑の土が、黒々とした豊かに肥えた色に変わっていた。私たちと李たちの関係も豊かなものに変わった証のように思えてならなかった。

だが、このゆるぎない関係は、欲にかられた身内から引き裂かれること、そして戦争によって引き裂かれることを、私たち夫婦はまったく気づいていなかった。

ある日のことだった。夕食の買い物を終えて帰宅したら、夫が珍しく居間で仕事をしていた。古新聞の山に囲まれて中国の地図に印をつけていた。

「あら、今度はどこに畑を作るか考えてらっしゃるんですか？　李さんの時みたいにうまくいくといいですね」

「違う、満州から今すぐ撤退すべきか調べている」

「てったい？……どういうことですか？」

「新聞は勇ましいことを言っているが、大半が嘘のかたまりだ。これを見たまえ」

そう言って夫が差し出した新聞を見た。日本軍が南京を攻め落とした時に、二人の兵士が軍刀で百人以上の中国人を切り殺したか、競い合ったという記事が一面に踊っていた。チャンコロとは、この当時、日本の内地や日本が植民地としている場所で言われていた、中国人を小ばかにした言い方である。日に日に、中国と日本の戦争が激化する中だった。そういった差別的な物言いが出ても不思議ではなかったが、夫も私も不快に思っていた。

「あいにく僕は居合のたしなみはない。だが、どんなに切れる日本刀でも三十人も人を切れば、血と脂《あぶら》で紙一枚まともに切れなくなるそうだ。たしかに、彼らが支那の兵士を斬ったのは事実だろう。しかし、いま刊行されている新聞は、売りたいばかりに国威発揚《こくいはつよう》をあおる記事ばかりを書いている」

「どういうことですか？」

「かなりの嘘が入り混じっていることだ。それは間違いない。この地図をみたまえ」

そう言うと、夫は私の肩を抱いて、中国の地図を広げて見せた。

「支那の真ん中あたりの海よりの街が南京《なんきん》だ。そして、ほぼ真西にある街が重慶《じゅうけい》、支那は南京で皇軍《こうぐん》（天皇の軍隊）との戦闘に負けて、政府機能を重慶へ移動させようとしているらしい。しかし、よくみたまえ、南京と重慶の距離は千五百キロもある。東京から福岡以上の距離だ。これだけの距離を移動して政府機能を機敏に移転するということは、支那にはまだ相当の戦闘力が残っているということだ。局地的な戦闘をみれば、皇軍が勝利する戦いもあるだろう。だが、支那全土で泥沼の戦いになるのは必至だ。それにもう一つ問題がある」

そう言って、夫は地図を指さした。

「ソ連……ですか？」

「そう、我々にはつかみようもないが、ソ連と皇軍の陸戦になれば、機動力から考えて、ソ連軍の圧勝だろう。仮に皇軍が支那との戦闘に圧勝したとしても、今度はソ連が攻めてくる可能性が高い」

「どうしてですか？　ソ連と日本は戦争をしないという約束をしているんでしょう？」

「決まってるじゃないか。食糧と鉱山資源が転がってる。日本が疲弊しきっている時に、満州に攻め込んでくるのは目に見えている。これは急いで撤退を考えたほうがいい」

私は夫にそっと手を伸ばして抱きついた。

「どうした」

「こわいです。これからいったい何が起こるのか」

「心配するな。僕はお前の夫でもあり、父親だぞ」

「そうですね。でも」

「でも？」

「あのベルリンで、あなたが抱きしめてくれた日のような穏やかな気持ちにはなれません」

そう言うと、夫は私を抱き上げるように立たせ、強く抱きしめてくれた。強く、とても強く。

「アサエ、あのベルリンの日のことは忘れてないよ。初めて君を抱きしめたことを。心配するな。どんなことがあっても、僕は君の夫であり、あの子たちの父親だ。必ず守ってみせる。安心したまえ」

「はい、ありがとうございます」

私の心の波が去ったのを見計《みはか》らったのか、夫はそっと私の体から手をほどいた。

「すまん、小難しいことを並べてしまったが、場合によっては、なにもかも放り出して、日本への帰国を急いだほうがいいことだけは心のすみに置いておいてくれ。せっかく夕食の食材の買い物をしてきてもらったが、どうだろう。今夜は久しぶりに子どもたちを連れて外食でもいかないか？」

「いいですね。じゃ、おめかししてこなきゃ」

ちょうど学校から帰ってきて、夕食は外食だというのを悟ったのか、子どもたちは蜂の巣をつついたような騒ぎになった。

「とうさま、支那料理のマントウと餃子《チャオズ》が食べたい」

「うん、とうさまもチャオズは好きだな。よしそれでいこう」

夕暮れの大連の街はあちこちに店の明かりがともり、にぎやかだった。

「とりあえずビールを。妻と子どもには茶を出してくれたまえ」

「料理はいかがいたしましょう」

「チャオズと、子どもに食べさせる餡《あん》入りの桃のマントウをつけて六人分、なにか適当に見《み》繕《つくろ》ってくれたまえ」

「かしこまりました」

店員がうやうやしく頭を下げると、一つ離れたテーブルで、二人の将校を取り囲んだ人たちが嬌声をあげていた。

「大尉どの、私たちの酒の肴《さかな》にして恐縮ですが、我が皇軍がチャンコロどもを切りまくった武勇伝をもう少し聞かせていただけんでしょうか？」

ひげをたくわえた、恰幅がよい上官らしい男は、中国の焼酎をあおると話を続けた。

「いや、本官は何もしとらんよ。手柄をあげたのはこの清水少尉だ。清水は非常に物静かな男だが、いざ実戦となると実に勇猛《ゆうもう》果敢《かかん》で武勇伝《ぶゆうでん》には事欠《ことか》かん。清水、南京でのことでも聞かせてやれ」

そう言うと、清水と呼ばれた将校は起立して、他の客のほうを向いて敬礼をした。

「はっ、自分は南京攻略作戦の最前線で戦いました。敵もさるもので便衣兵《べんいへい》（ゲリラ）もおり、あちこちから撃ってくるので、全隊一丸となって撃ちまくり、各隊が応戦して、全てのチャンコロどもの部隊を壊滅に追い込みました。と思いきや、がれきの中からわらわらと支那の兵隊が突撃してきたので、我々は天皇陛下から賜《たまわ》った軍刀で応戦したのであります」

「おお、さすが皇軍の兵隊さんだ」

「我々軍人は命など惜しくありません。天皇陛下の御為《おんため》なら命を投げだして戦う覚悟はとうにできております。その気迫を恐れたのか、小便をもらすチャンコロもおりました」

酒が入っていたせいだろう。小さく場が沸いた。

「あとはまさに一人一殺であります。銃剣と刀で、卑怯きわまりないチャンコロどもを容赦なく切り、軍服を着ているものは正々堂々と戦って斬りぬいた、それだけであります」

「清水少尉、卑怯きわまりない畜生以下のチャンコロどもはぶった斬られて、どんな案配《あんばい》になりましたか？」

「いや、それは……自分は話して構いませんが、みなさんの酒がまずくならないかと」

「構いませんよ、なあ、みんな」

「肉屋に吊り下げる牛肉のようになるまで斬ってやりました。たまたま軽機関銃の弾に倒れた輩はひき肉のようでありました」

どっと場が沸いた。すっかり悦《えつ》にいったらしい上官らしき人物が言った。

「このとおりですよ。清水少尉は我が皇軍の誇りです」

「いやーしかし、今夜はいい話が聞けて最高だ。スカーッとしますねえ。しかし、清水さんみたいな兵隊さんがいるなら、我が大日本帝国も安泰だ」

「天皇陛下ばんざーい、大日本帝国ばんざーい」

「これ」

私が目を話したすきに長男が席を離れ、清水と呼ばれていた若い将校に近づいていった。そして小さく敬礼をした。

「見事な敬礼ですね」

清水少尉と呼ばれた男は闖入《ちんにゅう》した長男の敬礼に笑って見せ、そして自分も敬礼で返した。

「しみずしょうい。おききしたいことがあります」

「なんですか？」

清水と名乗った将校はしゃがむと、長男の目線に合わせて笑顔を見せた。

「ぼくは大きくなったら兵隊さんになって、お国を守れる清水少尉みたいな偉い人になりたいです。どうしたらいいですか？」

長男の言葉を聞いて、さらに場が沸いた。

「おおー、鬼神《きじん》のごとき皇軍の将校様のお話をうかがえたと思ったら、未来の帝国軍人様にも会えるとはな。みんな、今日は最高に酒がうまいじゃないか。では、みんな小さな帝国軍人様に敬礼、天皇陛下ばんざーい」

酔客が盛り上がる中、清水と呼ばれる物静かな将校は長男の肩を抱いた。

「お父様とお母様のおっしゃることをよく聞いて、一生懸命勉強なさい。まずはそれからです。非常に難しいですが、陸軍幼年学校をめざすといいでしょう」

「はい」

元気よく敬礼をする長男を抱えると、私は急いで席に戻った。

「大変申し訳ございません。うちの子が粗相《そそう》をいたしまして」

「いやいや、結構結構。奥さん、構わんでください。聡明なお子さんじゃありませんか。将来が楽しみだ」

「食事が終わったら帰ろう」

夫は不機嫌そうにそう言った。

私は軽くめまいがしていた。中国兵を殺害したという清水という軍人は、いたって物静かで理知的な男性だった。とても人を迷いなく殺せるような残酷な人間には見えない。もう狂っているのだ。これだけ広大な中国のあちこちで、理知的な人間すら、なんの躊躇もなく人を殺すことが日常になっているのだ。

そして数カ月後、吾一さんが分析したとおり、日本軍は敗走する中国の軍隊を追いかけるように重慶に移った政府を無差別爆撃し、多数の民間人の犠牲者が出たことを新聞で知った。

次の日は主日《しゅじつ》ミサだった。主日とはキリスト教の用語で日曜日のことである。主の復活の記念の日から由来する。

子どもたちをお手伝いさんに預けて、私は夫と二人で教会に向かった。

「ミサの時間まで一時間以上あるな。どうだ、コーヒーでも飲みながら時間をつぶすか。ベルリン以来の逢引《あいび》きとでも」

「まあ。でも、ミサを拝聴するのに三時間を切ってますし」

ミサと呼ばれる日曜日に行われる集会は、開始三時間前から飲食が禁じられている。そのことが気になったが、吾一さんはどこ吹く風だった。

「構わんさ。聖母様もキリスト様もそれくらい見逃してくれるだろう」

逢引きなんて古い言葉は、今の若い人は知らないだろう。デートのことである。夫が気を使ってくれるのは、昨日、私が中国人殺害の話を聞いて怖がったからだろうか。そうだとしても、私は夫の申し出はうれしかった。

「コーヒーを二つ」

「かしこまりました」

しばらくして、うやうやしく運ばれてきたコーヒーを口にしながら、私たちは談笑した。だが、臨席に座っていた兵士二人の会話に閉口してしまった。

「南京の時はどうだったのさ」

「そりゃまあ、俺は砲兵だから、弾を撃つだけだからさ。建物ごとふっとんで死んじまうチャンコロもいたが、中には腕や片足がもげても生きてるやつもいるわけよ。五体満足の連中と一緒に戦利品《せんりひん》も混じってるってわけさ」

「戦利品と言えばこれか？」

一人の兵士は下品な顔をして小指を立てた。それが何の意味か、私もわかった。

「決まってんじゃねえか。戦場の楽しみなんてのは、酒と女くらいしかねえよ」

「しかし、手足がもげた姑娘《クーニャン》までゴチになるってのは、さすがに酒がまずくならねえか？」

「なに、逃げ回らないだけ手間《てま》がはぶけていいもんさ。戦場にいりゃ、そんなもんすぐに慣れちまう」

「そんなもんかねえ。ところでどうよ、南京陥落《かんらく》の時の全体的な姑娘の案配は？」

「まあ、総じて南京の若い女は締まりがよかったな。中には、日本の女より案配がいいのもいてな。そんな女は男同士で取り合いよ。遠慮なくゴチになって全員で輪姦《まわ》して、用がすんだら泡を吹いてるのもいてな」

「その後はどうすんのさ」

「そりゃー、便所のちり紙と同じで、射殺か斬殺だな。たまーにうまく逃げるのもいたが」

「さすがに女を斬るって話はどうも寝覚めがよくねえな」

「そんなことはねえさ、女の便衣兵だっているんだぜ。ゲリラ戦を展開したら、こっちがやられちまう。戦利品をありがたくいただくってのは、天皇陛下から御下賜《ごかし》いただいたようなもんだ。むしろありがたくいただかねえと不遜《ふそん》きわまりねえってもんさね」

「しかし好きだなお前も。今度は重慶だろ？　また女どもをありがたくいただくのか？」

「決まってんだろ。昼も夜も百人斬りだな。男も女も滅多刺《めったざ》しよ。まあ、日本の女、南京の女、重慶の女、食べ比べってのも乙《おつ》じゃねえか。まあ、重慶は徹底的に爆撃するって話らしいから、南京みたいに美味《うま》い話は転がってないかもしれねえな」

「出ようか」

女性を強かんすることを公言する兵士たちの、あまりにも下品な話に気分が悪くなった。そのことを察してくれたのか、夫が会計を済ませて外へ連れ出してくれた。

「教会へ向かおうか」

夫はそれ以上何も言わなかった。きっと、私を慮《おもんぱか》ってくれたのだろう。私は重い口を開くことができず、夫の後に続いて教会の聖堂へ入った。

「あら」

「どうした？」

「兵隊さん」

夫は一瞬気色ばんだ。監視に来た憲兵だと思ったのかもしれない。だが、どことなく悲しげな横顔に、違う空気を感じて警戒を解いた。

つつがなくミサが進む中、あることに気づいた。その兵士が一心不乱に祈っていたことだ。片時も合掌《がっしょう》を崩さず、小刻みに震えながら祈りをささげる姿は、赦《ゆる》しを願う姿だということはすぐにわかった。ミサが終わったあと、数人の人が神父様に告解《こっかい》を申し出ていた。告解とは自分が犯した罪を正直に告白し、神父を通して神の赦しを得ることである。一般的には土曜日の午後に行うが、よほどの罪を犯したと感じるものは、良心の呵責《かしゃく》に耐えかねて土曜日に告解できず、日曜日に告解を行う。その兵士はとまどいが背後からわかるほど神父様へ歩みよろうとしていたが、とうとう席を立てなかった。

「なにか神父様にお伝えしたいことがあるなら、遠慮されないほうがいいですよ」

「もう手遅れですから」

私がそう伝えると、その兵士はやっと口を開いた。

「そんなことはないと思いますよ。言葉にできるなら、まだ……」

私がそう言うと、男は私の話をさえぎった。

「子どもを殺したんです。南京で。上官の命令で便衣兵の子どもを銃殺しました。自分は尋常小学校の教師を目指していました。それなのに子どもを殺したんです。それだけではありません。上官から、とらえた中国人女性を乱暴するよう命じられました。しまいには上官の命令といいわけをして、何人もの中国人女性に乱暴しては殺害しました。そのことにすら快楽を感じるようになったのです。南京は地獄でした。もはやあれは戦争ではありません。今後日本が展開する作戦もそうでしょう。私のような人の皮をかぶった鬼を作っていくのですから。私は赦しを得ることすらかなわないでしょう」

「それでも祈るんです。あなたが殺すことに躊躇したように、告解を求めるのもためらうでしょう。だが時が訪れます。救いが来るその時が。だから今は待ちましょう。あなたがしてしまったことを神に委《ゆだ》ねて」

「ありがとうございます」

少し穏やかになった兵士の背を支えるように聖堂を出た。その直後だった。兵士は腰のホルスターから拳銃を素早く抜いて、こめかみに当てた。

「落ち着きなさい。手を下ろすんだ」

「ありがとうございました。もう気持ちに迷いはありません。死んで今までの罪を清算したいと思います」

「天皇陛下万歳」

そう言うと、兵士はピストルの引き金を引いた。周囲は騒然となり、血だまりの中に男は沈んだ。完全に男の顔は穏やかになっていた。だが、一部始終を知っている私たちは、これが神の恵みとは到底《とうてい》思えなかったし、彼を神が罰したとも思えなかった。

朝鮮へ

「何だって！　兄さん、話が違うじゃありませんか！」

翌日、中垣商会に吾一さんと出社すると、社長室から父の怒号が聞こえてきた。入室がためらわれたので、会議室で吾一さんと待っていると、父が憤慨《ふんがい》した様子で社長室から出てきた。

「なんだ、二人とも出てきていたのか。今日はもういいから帰ろう」

「いったい、どうされたんですか？」

「どうもこうもないよ。帰ったらゆっくり話すから、とにかく帰ろう。タクシーを呼んでくれ」

わけがわからず父にそう尋ねると、父は怒りが収まらないようだった。タクシーで社宅へ戻った後、全員分のお茶を入れた。父は茶をすすると、ようやく私たちに何があったかを説明してくれた。

「まったく兄にはあきれたよ。吾一君があれだけ莫大な収益をあげてくれたというのに、さも当然というように、利益を全部自分の会社に入れると言い出したんだ。目の前の金に目がくらんだんだろう。しかも、いけしゃあしゃあと、今度は朝鮮の荒れ地を改良してこいと言い出した。兄はもはや商人ではないな。地獄《じごく》の餓鬼《がき》に等しい」

中垣商会の役員たちが、吾一さんを面白く思っていないことはうすうす感じていた。だが、伯父が吾一さんのことを快く思ってないことには気づかなかった。学者上がりの吾一さんがビジネスで次々と結果を出すことだけでなく、適格なアドバイスとはいえ、中垣商会の経営に意見するのが、伯父としては面白くなかったのかもしれない。父の話ぶりからして、もはや伯父との信頼関係に入った亀裂《きれつ》は修復できないようだった。

「それで、お父さんはどうされたいんですか？」

「どうしたいって、吾一君、何か打つ手はあるのかね」

「我々が農民を指導して得られた新たな大豆耕作地は、農民同士が非常に固い結束で結ばれています。私たちはその指導者ときわめて懇意な関係にありますから、中垣商会に対してゆさぶりをかけて、我々の取り分を伯父さんに支払わせることは可能だと思います」

「なるほど、それはすばらしい。だが、君らしくない荒々しい手だな」

「こういう手は使いたくありませんが、仕方ありませんね。それと提案なんですが、我々の取り分を回収したら日本へ戻りませんか？」

吾一さんから出た提案に、私も父も思わず息を呑んだ。

「僕も無事に博士号を取得しましたし、大陸に未練はありません。こうなった以上、残念ですが伯父さんの性根《しょうね》は変わらないと思います。本格的なトラブルに発展する前に見切って日本に戻ったほうがよいでしょうね。まあ、中垣商会から二千万円ほどもらえば、久留米紡績の増資《ぞうし》と工場の新設備導入は十分だと思いますがいかがでしょうか」

この時代、たしか一円が現在の四千円程度の価値があったから、二千万円は現在の八百億円程度の金額になる。家族経営の域を出ない久留米紡績にとっては好機の増資だった。

「兄から本当に回収できるのかね？」

「私が直接交渉しましょう。明日、お父さんも付き添ってもらえますか？」

「それは構わんが、いったい何をするのかね？」

「お任せください。確実に回収してみせます。ただし、僕は身内を裏切る人間には容赦しませんから、その旨《むね》ご了承ください」

吾一さんの目に冷酷な光が宿《やど》っているのに気づいて、私は身震《みぶる》いした。今まで見たこともない冷徹《れいてつ》な表情だった。この人はこんな恐ろしい一面を秘めていたのかと改めて驚いた。だが、吾一さんの生《お》い立《た》ちから考えて、家族の結束をとても大事に考えている人だ。伯父の言動に対して途《と》方《ほう》もない怒りを内側で燃やしているのだろう。その後、父と別れて家族水入らずでくつろぐ時間となったが、吾一さんは普段の柔和な笑顔を見せていた。それだけに、私は先ほど見た吾一さんの冷酷な表情が恐ろしく思い起こされてならなかった。


「バカを言え！　二千万円なんて大金を貴様らに払えるか！」

翌日、中垣商会へ出社すると、吾一さんと父は伯父に直談判《じかだんぱん》をした。私も吾一さんから同席を求められたので出勤したが、伯父の言葉は聞くに堪《た》えなかった。

「農民たちを束《たば》ねて、五千軒以上の栽培契約を勝ち取り、前期の売上は二百万円を超えています。ゼロから立ち上げた作業の報酬としては当然かと思いますが」

「小僧、小作人を束ねたくらいでいい気になるなよ。金主は誰だ？　中垣商会の資本を使って利益を出しただけではないか」

「おっしゃるとおりです。ですが、その資本金も、私が操作していなければ鈴木商店（後の日商岩井）倒産の時点で一銭も残らない状態になっていました」

「相場に臆病すぎて、儲《もう》かる相場を見逃したのも事実ではないのか？　儲けを逃したことは、わが社に損失を与えたに等しい。よかろう。緊急動議を発動するとしよう。皆、入りたまえ」

伯父がそう言うと、別室で控えていたらしい役員全員が社長室に入ってきた。

「緊急動議を発動する。中垣吾一君の解任に賛同する者は？」

役員全員が無言のまま手を挙げた。吾一さんはその様を見て、昨日見た冷酷な表情を再び見せた。

「ご理解いただけないようですね。ならば仕方ありません。武装化した五千軒の農家はすべて私の指揮下にあります。収穫した大豆は中垣商会に一粒も入れないように指示をするまでです。今季の収穫から我々の取り分を回収させていただきます」

「貴様、自分が何を言っているのかわかっているのか！」

「縁切りに等しいことを父につきつけたのはあなたですよね？　ならば相応の対応をさせてもらうまでです。よくお考えになることです。大豆相場はリスクが高い。そのリスクを回避しながら、先物市場で大豆をさばき、中垣商会に安全な形で現金を入れてきたのはこの私です。中垣商会の役員にそのような芸当ができる方がいますか？　失敗すれば、莫大な量の大豆を売り切れないまま、負債とともに抱えることになりますが？」

伯父は恫喝を繰り返したが、吾一さんにはまったく響かなかった。それもそのはずだ。あれだけの莫大な大豆を手に入れても、現金化できなければ意味がない。吾一さんは、収穫の時期の大豆相場に左右されないように先物取引市場を利用して現金化を行っていた。

先物取引とは、将来大豆が収穫できた時に、大豆をすべて受け取る権利を証券化して取引を行うというものである。将来、大量の大豆が取れるかどうかわからないし、仮に大豆が大量に収穫できても、その時の大豆相場が値下がりしていれば大幅な損になるというリスクを抱える取引である。債券を買う側は危険な取引であるが、売る側にしてみれば、凶作や相場の暴落のリスクを回避して安定して現金化できるメリットがある。吾一さんは先物取引のこの特性を利用して、利益を着実にあげ続けていた。また、そのことを伯父は一番よく知っていたせいか、押し黙ってしまった。

「よかろう。二千万円は支払おう。ただし、利蔵に命じた朝鮮の荒れ地の開拓を行うことが条件だ」

「もちろんです。ただし、こちらも条件を一つ追加させていただきます。中垣商会が保有している久留米紡績の株式を全て引き渡していただきたい」

私たちの会社、久留米紡績は伯父から出資を受けていた。そのため株式を握られていた。その株式を渡すことを要求するということは、文字どおり縁切りを突き付けているに等しい。強引な要求だったが、伯父は表情を変えたものの、結局、吾一さんの要求をのんだ。

「いいだろう。久留米紡績の株式も渡そう。二千万円の小切手の換金は明日、横浜正金銀行で手続きをするといい。受け取りを確認したらすぐに朝鮮の土地開墾を行え」

伯父はそう言うと、秘書に小切手の決済を命じた。社判を小切手に捺印すると、伯父は封筒に入れて吾一さんに手渡した。また、中垣商会持ち分の久留米紡績の株券は、トランクに入れて吾一さんに渡した。吾一さんは小切手を取り出すと、厳しい目で小切手と株券を確認した。

「たしかに頂戴《ちょうだい》いたしました」

父は、吾一さんから渡された小切手と久留米紡績の株券をトランクに急いでしまった。私と父はなんとも言えない重たい空気の中、言葉を発せずにいたが、吾一さんはその静寂《せいじゃく》を割った。

「来週には朝鮮に向かいたいと思います。それではよろしくお願いいたします」

吾一さんはそう言って立ち上がると、伯父に一礼して社長室を出た。私と父も慌《あわ》てて吾一さんの後に続いた。

翌日、父と吾一さんは大連の横浜正金銀行へ朝一で向かった。数時間待たされることになったようだが、無事に二千万円という大金を自社口座に入金することができ、喜びいさんで社宅に戻ってきた。

「吾一君、こうなったらこのまま朝鮮の荒れ地には携わらず、日本へ戻ってもよいかもしらんね」

「さすがにそれはまずいです。我々も日本に戻れば、大陸と商売をすることになります。もし、こちらが不義理なことをしたまま大陸を去れば、商売は難しくなりかねません。それに朝鮮での開拓は、私たち久留米紡績の新たな収入源になる可能性もあります。まずはしっかり取り組んだほうがよいと思います。それより荷物をまとめましょう。朝鮮の開拓予定地の近くに家を借りるように手配してください。来週には出発しましょう」

「あなた、大連を離れるなら、李さんにあいさつをしていかなくていいの?」

「そうだな。彼らもよくやってくれてるから、一言あいさつをしておいたほうがいいな。昼食をとったら李たちの村へ出かけよう」

その日はいつになく天気が良かった。李たちが住む村も農作業日和《びより》で、多くの村民が畑に出ていた。村民たちが吾一さんの存在に気づくと手をとめて合掌したり、「師父、師父」と言いながら駆け寄ってくる村民もいた。

「おお兄弟、今日も視察かい。ご覧のとおりすべての畑が順調だよ」

「いや視察ではないんだ。あいさつにきた」

その言葉を聞いて、李は表情を変えた。村民たちもただならぬ雰囲気を感じ取ったのか全員が作業の手をとめて押し黙ってしまった。

「会社から朝鮮の土地を耕すように命じられたんだ。今日はみんなにあいさつをしにきた。僕たちは朝鮮へ向かわなければならないが、大豆栽培の支援は今までどおり今後も受けられるように手配を済ませてある。安心してくれ」

「そうか、さみしくなるな。朝鮮の農民たちも、俺たちのように豊かにしてやってくれ」

どんな時も明るかった李の目に涙が浮かんでいた。そのことで別れの時を悟ったのか、多くの村民が握手を求めてきた。すべての村民と握手を終えて大連へ戻るころには、すっかり日が暮れていた。


朝鮮の新しい住まいは、京城（現在の大韓民国ソウル市）市内の繁華街にあった。耕作予定の畑の近くに居を構えることも考えたが、大豆の換金や銀行とのやり取りを考えると、商業地のほうが仕事を進めやすいと、吾一さんが考えたからだった。私は二十九歳になり、すでに四人の子どもにめぐまれていたため、引っ越しの手配と子どもの学校の手続きだけでも大変だった。だが、吾一さんを慕う、中垣商会の若手社員が手伝ってくれたおかげで助かった。

「京城までは列車を乗り継いで一週間の旅だ。ふだん子どもたちにも寂しい思いをさせてるから、家族旅行といこうか。ついでにお父さんにもくつろいでもらおう」

吾一さんのこの言葉に、子どもたちも私も気持ちが華やいだ。家族水入らずで過ごせる時間ができるだけでもありがたかったが、朝鮮の景勝地を観光できるのは素直にうれしかった。大連から南満州鉄道に乗り、鴨緑江《おうりょっこう》を下った朝鮮北部は、白頭山をはじめ、景勝地として名高い地域が多いと聞いていた。時間の都合で立ち寄ることはできないが、車窓からながめるだけでも家族にとっては楽しい時間になりそうだった。噂は本当だった。鴨緑江を渡って朝鮮北部に差し掛かると、子どもたちから歓声があがった。

「とうさま、おじいさま、見て見て。きれいだね」

そう言ってはしゃぐ末娘を、吾一さんは目を細めて見ていた。久しぶりに感じる穏やかな家族の時間だった。朝鮮北部は中国大陸とはあきらかに違う景色が広がっていた。日本とよく似ている山並みが広がったかと思えば、ここが朝鮮であることを思い出させる独特な険しい山々が現れる。列車が南下して京城に近づくにつれて豊かな自然は車窓から消え、にぎやかな街並みが増えた。名残惜《なごりお》しさが募《つの》ったが、列車が京城駅にすべりこむと気持ちも切り替わった。

「さっそく新居へ向かおうか。午後には荷物が届くはずだから」

吾一さんに促されて駅を出ると、京城の街並みが広がっていた。近代的なビルの間に、どこか日本の建物と似た朝鮮風の瓦屋根の建物が入り混じり、日本に戻ってきたような錯覚《さっかく》を覚える街並みが広がっていた。

「これが京城ですか。初めてなのになんだか見覚えがあるような不思議な風景ですね」

「大連と違って、京城はなんだかんだで日本に近いし、また日本人も多いからね。また、明治時代に日本の植民地になったから、日本の文化になじんだ時間が長いというのも大きいんじゃないかな」

不意にドイツへ渡る時の列車で出会ったユナという朝鮮の少女が言っていたことを思い出した。彼女は京城が博多と似た雰囲気があると言っていた。京城駅からタクシーに分乗して新居に向かう際に、車窓に流れる景色を改めて見てそう感じた。

「お客さんは内地からですか？」

タクシーが走り出して、運転手から話しかけられた。

「いえ、実家は福岡の久留米なんですが、主人が大連から社用で転勤になりまして」

「そりゃ、長旅で大変でしたね。京城は内地と同じ住み心地ですから、大連より居心地がいいかもしれませんよ。ちょうど今、朝鮮総督府が朝鮮の風土色を一掃しようとしています。うちのせがれは高等小学校なんですが、今年（一九三八〈昭和十三〉年）から朝鮮語の授業がなくなると言っていました。支那との戦争も始まりましたから、朝鮮人には日本人としての教育を徹底して戦争に備えるというつもりなのかもしれませんね」

そう言って、タクシーの運転手が指さしたほうを見ると、あちこちに「内鮮一体」というスローガンが躍ったポスターが張られているのが見えた。内鮮一体とは、朝鮮の人々も日本人と同じく天皇陛下の臣民であり、両国民は力を合わせるべきだという意味のスローガンである。耳ざわりはよいが、要はそれまで日本が進めていた朝鮮の植民地支配をさらに強化するということであった。

今考えれば、京城に移り住んだ一九三八（昭和十三）年は、日本がさらに戦争に突き進む転換期であったと思う。前年の七月七日に、日中両軍が北京近郊の盧溝橋で衝突し、日中全面戦争が始まった。また、タクシーの運転手が言っていたように、それまで日本人子弟にも義務付けられていた朝鮮語の授業が、一九三八年からは廃止になり、四月一日に国家総動員法が公布された。朝鮮の人たちは、日本語の使用を強制されるようになり、私たち日本人も自由な意見を述べる機会が次々と奪われていくきっかけとなった年でもある。それでも京城の街は表向き穏やかで、内地に最も近い植民地の栄えた街としての顔を見せていた。

「午後から荷物が届くから、みんなで頑張って荷物を解こう。そうだな、とりあえず毎日必要なものだけを出して、あとは使わない客用の寝室に置いておこう」

新居は昔からの朝鮮風の家屋《かおく》を一部分、洋風のモダンな改築を施した家だった。父の部屋と吾一さんの書斎を設けて、子どもたちの部屋をとっても数部屋も余るくらい広い。

引っ越しとなると忙しいものだ。しかも子どもが四人もいるとなると、荷物を解くことだけに集中できない。仕方がないので、引っ越し荷物を解くのは吾一さんに任せて、子ども四人を連れて昼食をとらせるために外へ出かけた。

「お世話になります。京城家政婦紹介所ですが」

「あら、ちょうどよかった」

外の食堂で子どもたちに食事をとらせ、帰宅したところだった。ちょうど家政婦紹介所の方が来てくれていた。毎日子どもを預けっぱなしにするわけではない。とはいえ、吾一さんの手伝いをしなければならない。だから、思い切って家政婦さんをお願いすることにした。もっとも、大連にいた時も中垣商会がお手伝いさんをあてがってくれていたので、あまり抵抗はなかったのだが。

「今日はご希望の確認に参ったんですが」

「そうですね、月水金の週三日でお願いしたいのは変わりないのですけど」

「何かまだご要望がおありですか？」

「ええ、子どもたちがこのとおりやんちゃなものですから、子どもの面倒をみるのが苦にならない方だとありがたいんですが。しかも、うちは四人ですけど、請け負ってくださる方がいるでしょうか？」

「ちょうどいい方がいますよ。ただ、紹介料を上乗せしていただくことになりますが構いませんか？」

「もちろんです」

「あとですね……」

「なんでしょうか？」

家政婦紹介所の職員が言いにくそうに切り出したので、思わず尋ねてみた。

「いや、その……ちょうどいまは朝鮮の人しかいないんですよ。もちろん日本語は話せますし、柔和な方なんですが」

「それが何か？」

家政婦紹介所の職員の物言いにいささか腹が立った。それが顔に出たのかもしれない。家政婦紹介所の職員は慌てて言葉をつないだ。

「いや良かったです。他意はないのですが、朝鮮人だと嫌だという方も多いですからね。ちょうど一人、条件に合う方がいます。明日の午後、ごあいさつに来るように伝えさせていただきますね」

なんともいけすかない職員だと思いつつ家の中にあがると、吾一さんと父が荷を解いて、日々使う物を片づけてくれていた。

「あなた、すみません。お布団からお勝手のものまで全部出していただいて」

「気にするな。それよりどうだろう。今日は炊事も大変だろう。外食でもして早く休もう。お父さん、構いませんよね？」

「おお、そうしよう。もうくたくただよ。さっさと夕飯を食って寝たい気分だ」

「じゃあ、せっかく京城に引っ越したところでぶらぶらしながら、朝鮮料理の店でも入ってみようか」

「いいですね」

父の嬉々とした声を聞いて、吾一さんも笑顔を見せた。

「どうかね、吾一君。一段落したところで、朝鮮料理を肴にビールでも」

「いいですね。生き返りそうだし、よく眠れそうです」

「こりゃ愉快だ。じゃあみんな、京城の街に出かけるとするか」

はしゃぐ子どもたちを、吾一さんと二人で手を引いた。そして、華やかな夕方の京城の街へ、家族全員で出かけた。

翌日はふだんより一時間寝過ごしてしまった。主婦失格だ。慌てて着替えて朝食の支度にとりかかろうと思ったら、吾一さんがお勝手で朝食を作っていてくれた。

「あなた、寝坊してごめんなさい。大丈夫です。お勝手なら私がやりますから」

「もう出来上がってるよ。なに、自炊ならベルリン時代に相当勉強した。ある日からその機会がなくなったけどね」

「あなた、恥ずかしいからやめてください」

ベルリンの吾一さんの部屋での一夜を思い出した。あの日からずっとこの人がいてくれている。そう思うと、改めて不思議な気分になった。

「とりあえず朝食にしよう。子どもたちにもたまにはとうさまの農学の知識たっぷりの朝食を取らせるのも悪くなかろう」

「ありがとうございます」

私は苦笑しながら、朝食をテーブルの上へ運んだ。

「失礼します。こちら中垣様のお宅でしょうか？　京城家政婦紹介所からまいりました。今日からお世話になります手伝いの者ですが」

まだ終わらない荷解きをしていた時だった。玄関で誰かの声がした。そうだ、家政婦の方に来てもらうと約束したんだった。私は家政婦紹介所から言われたことをすっかり忘れていた。

「そうです。こちらこそお世話になります。契約は月・水・金でしたよね。私が家事に専念できればいいんですが、会社の仕事もありますので、いろいろとお世話になりますけどよろしくお願いいたします」

まったくよどみがないうえに、丁寧な日本語だった。私も思わず恐縮して頭を下げた。

「あの……すみません、中垣さん。つかぬことをうかがいますが、中垣さんはドイツに行かれたことはありますか？」

「はい、ありますが。どうしてそれを？」

「やっぱり！　他人のそら似と思うとったばってん、間違いなかった。うちたい、うち。アサエさんが横浜に向かう列車の中で会ったユナたい！」

そう言われて思い出した。横浜からの欧州航路へ向かう汽車に乗った時、博多駅で隣り合わせになったユナだった。ドイツから何度か手紙を書いたが、そのうち返事が届かなくなったので、まさかこのような形で再会するとは思わなかった。

「あれからしばらくして、うちは今の亭主のとこに嫁いだんよ。転居のお知らせを出したばってん、届いとらんかったんやね。まあ、うちもご覧のとおり、可憐《かれん》な少女はとうに卒業して、いまや五人の子どもの母ちゃんたい」

そう言ってユナは愉快そうに笑った。

「アサエちゃんも立派なお母さんになったごたるね」

そう言ってユナは末娘の頭をなでた。

「うちは四人やけどね。あれからすぐに今の主人を見つけて一緒になったんよ」

「そうね、そうね、素敵な旦那様たい」

ユナの言葉を聞いて、荷物を片付けていた吾一さんは手をとめて、ユナに軽く会釈《えしゃく》した。

「しかし旦那様、いい男やねえ。アサエちゃんが惚れるのもわかるばい」

「まあ、いろいろあったんやけどね」

からかわれて思わず言葉を濁《にご》したが、ユナはお構いなしだった。

「京城へはお仕事て聞いとったけど、旦那様のお仕事を手伝うん？　旦那様のお仕事って何なん？」

「うちは大連に本社がある会社の仕事なんやけど、朝鮮の荒れ地を土壌改良して大豆を植えてもらって、できた大豆を売って農家の方と分配する仕事なんよ」

そう言ったとたん、ユナの表情が曇った。

「旦那様はなんていう会社にお勤めなん？」

「こっちじゃ知られてないと思うけど、久留米紡績という会社なんよ」

「そうね、よかった。実はね、同じような商売を持ちかける日本の企業があるんよ。言いにくい話ばってん、親身《しんみ》になってくれるように見せかけて、契約したらとことんこき使われる話で、朝鮮の人間のあいだじゃ評判が悪かもんね。アサエちゃんの旦那様がなさる事業やけん、お天道《てんと》様《さま》の下を大手を振って歩ける仕事やろうけど、悪党から変なやっかみを買わんように気を付けてね」

「ユナさんが言うことはどうやら本当のようだな」

夕食後、ユナが自宅に戻った後、吾一さんとよく話し合った。朝鮮では大連とずいぶん事情が違っているようだった。朝鮮は以前から政府の国策会社である東洋拓殖《とうようたくしょく》株式会社が、私たちと同じビジネスモデルの商売を展開していた。東洋拓殖株式会社とは、植民地となった朝鮮半島をはじめ、満州や中国の華北、南洋群島などで国策事業を担った会社である。それは良いのだが、困ったことに国策会社と小作農の間に介在した者たちが、小作農から長年に渡って暴利をむさぼっていたのである。それだけではなかった。この国策会社は小作農たちにかけた「はしご」を外すような追い打ちをかけていた。

東洋拓殖株式会社は当初、主に水田の開発と日本への米の輸出に力を入れていた。ところが、昭和大恐慌以降は国内米価の値崩れを防ぐため、朝鮮で取れた米の買い取りは差し控えるようになった。そのため、豊作でありながら米を換金できず、借金に苦しむ小作農があとを絶たなくなった。こういった事情に加えて、朝鮮では日本の植民地とされた後、独立を唱える運動が全土に広がっており、小作農との間にトラブルも後を絶たないと聞いた。

唯一の救いと言えば、朝鮮総督府と国策会社である東洋拓殖株式会社がこれまでの稲作から畑作へ切り替えることを呼びかけていることだった。きわめて険しい道だが、大豆栽培を朝鮮の人たちに呼びかけようとしている我々が参入できる商機が、わずかに見出せそうな状態だった。

「これは大連以上に難題だな。どうやって事業を展開すべきか」

冷静な吾一さんがいつになく苛立った様子でそう言った。それからほぼ連日、吾一さんは事業の展開について昼間は情報を探しにでかけ、夜は書斎で書類を作成していたが、なかなか良い案が見つからないようだった。

「いらいらしていても良い案は思い浮かばん。一時仕事を離れて生活を整えよう。生活者の目線でこの街を見つめていれば、朝鮮の人たちの心をつかむ術《すべ》も見えてくるだろう」

それから吾一さんは仕事に取り組まなくなった。父も私も心配したが、これまでの吾一さんの働きを見てなにか考えあってのことだろうと思っていた。だが、二週間もすると、街中の酒場で昼から飲んで帰ってきたりするような有様となった。さすがにこれは意見したほうがいいだろうと思って躊躇していたある日、吾一さんが仕事に向かう時のような厳しい目をして、私に言った。

「ついに商機を見つけたよ。明日の日曜日は一緒に教会へミサに行こう」

「ミサ？　ミサがお仕事とどうつながるんですか？」

「ついてきてもらえばわかる」

吾一さんはそう言うばかりで、詳細は教えてもらえなかった。吾一さんが微笑を隠さない時は、商機があると確信した時だ。それほど確証がある仕事の進め方を見つけたのだったら、私にも少しはわかりそうなものだが皆目《かいもく》見当もつかない。吾一さんの言うとおりミサに出かけて神父様の説教に耳を傾けた。

「神父様」

神父様の説教が終わった瞬間だった。吾一さんが席を立って神父様に呼びかけた。

「あなた、何をなさるんですか」

「いいから君は黙って聞いていたまえ」

「どうされましたか？　私の説教についての質問ならあとで個人的に受け付けますよ」

「いいえ、そうではありません。ここにいる兄弟姉妹、いやこの国の多くの兄弟姉妹が生活の糧を正当に与えられない不正を私は知りました。神父様は新約聖書マタイによる福音書の第二十章にある、ぶどう園の労働者のたとえをご存じですか」

「ええ、もちろん」

マタイによる福音書とは、キリスト教の聖典の一つである新約聖書に収録されている章である。十二人いたキリストの弟子の一人であったマタイという人物が書いたものだ。マタイはローマ帝国の徴税人だったが弟子になり、キリストが説いたことをまとめた。それがマタイによる福音書である。

吾一さんのただならぬ雰囲気に、ミサに参加していた人たちが聖書のページを繰る音が聞こえてきた。

「マタイによる福音書第二十章には以下のようにあります」


さて、夕方になって、ぶどう園の主人は管理人に言った。

「労働者たちを呼びなさい。そして、最後にきた人々からはじめて順々に最初にきた人々にわたるように賃銀を払ってやりなさい」

そこで、五時ごろに雇われた人々がきて、それぞれ一デナリずつもらった。ところが、最初の人々がきて、もっと多くもらえるだろうと思っていたのに、彼らも一デナリずつもらっただけであった。

もらったとき、家の主人にむかって不平をもらして言った。

「この最後の者たちは一時間しか働かなかったのに、あなたは一日じゅう、労苦と暑さを辛抱したわたしたちと同じ扱いをなさいました」

そこで彼はそのひとりに答えて言った。

「友よ、わたしはあなたに対して不正をしてはいない。あなたはわたしと一デナリの約束をしたではないか。自分の賃銀をもらって行きなさい。わたしは、この最後の者にもあなたと同様に払ってやりたいのだ」

吾一さんが聖書から引用した言葉を聞いて、思わず息を呑んだ。マタイによる福音書第二十章には、朝早くから働いた人が、夕方近くになってやってきた人と同じ賃銀だということが不公平だと抗議することが書かれている。ぶどう園の主は、約束した賃銀を払ったのだから約束を破ってはいない。そう言ってなだめる。この話は、身分や出身で賃銀に差をつけることを批判した言葉だという解釈がある。吾一さんは、日本人と朝鮮人の賃銀の不公正を訴えるのではないか。その予想はまさに当たった。

「新約聖書のマタイによる福音書では、ぶどう園の持ち主が、何時に働き始めたのかによらず、すべての労働者に公平に一デナリを賃銀として支払うことが美徳として描かれています。もし、このぶどう園の持ち主が一日はおろか一年中働かせておいて一デナリも賃銀を支払わないとしたら、彼は罪に定められるでしょうか」

「それは言うまでもありませんね。神は慈悲深《じひぶか》いお方ですが、悔い改めようとしないなら、彼を罪に定めるでしょう」

「神父様、私はこのぶどう園の主と同じ立場になろうとしています。賃銀は一デナリでなく、収穫した農作物を公平に分配し、また、農作業に必要な物資はすべて無償《むしょう》で提供する予定です。しかしながら、無法を働いた者のために悪評が立ち、私を信頼してくれて、一緒に未来を耕してくれる方が見つかりません。どうか神父様、お祈りください」

私はあっけにとられてしまった。ミサに参加していたのは、日本人、朝鮮人併せて四百人はいただろうか。カトリック教徒は独自の人脈を持っている人が多い。おそらく明日には新聞やラジオで宣伝する以上に、吾一さんのことが伝わるだろう。ただし、政府の国策会社の権威をかさに着て、暴利をむさぼる存在を公衆の面前で批判した人物としてだ。それは無法を働く同業者への宣戦布告《せんせんふこく》でもあり、下手をすれば吾一さんの生命すら左右しかねない。しかしもう遅い。後の祭りだった。

「あのう、さっきのお話なんですが……」

ミサが終わった後、朝鮮人日本人を問わず、多くの農家の方から声をかけられた。吾一さんの命がけの目論見《もくろみ》は読みがあたったことになる。

「よお、派手な演説ご苦労さん」

「伏見さん、どうしてここに？」

契約希望の農家の波が引いた後、悠々と近づいてくる者がいた。大連にいるはずの中垣商会の役員の一人、伏見だった。

「お前らの監視に決まってるだろう。株式提携もない中、俺たちが持っている土地の開墾をやらせるんだ。途中でケツを割って逃げ出さないか監視するのは当然だろ？」

そう言うと、伏見は嫌味な笑いを浮かべて煙草の吸殻《すいがら》を投げ捨てた。

「まあ、せいぜい頑張ってくれ。どのみちできた大豆を買い取るのは東洋拓殖株式会社だ。しかも、大豆の買い取り価格を交渉できるのは中垣商会だけだ。つまり、お前らは取り分がない咬《か》ませ犬同様ってことだ」

「なるほど、あなたですね？　中垣会長を言いくるめて中垣商会と久留米紡績との関係を引き裂いたのは」

「そのとおりさ。お前が余計なことをせず、中国の農民からさらに搾《しぼ》り取っていれば、俺の米びつも潤《うるお》った。まあ、儲けそこなったぶんは今回、朝鮮の農民から搾り取らせてもらうよ。まあせいぜい、俺のために働いてくれ」

そう言い残すと、伏見は我々を振り返ることもなく教会を後にした。

「妨害する輩が現れるとは思っていたが、まさか最大の敵が元身内の人間だったとはな」

「あなた、大丈夫なんでしょうか。東洋拓殖株式会社って政府が運営している会社なんでしょう？　その会社と交渉できないなら、伏見さんの言いなりになるのでは？」

東洋拓殖は朝鮮半島に至っては、関連会社・子会社は八六社をもち、二五万町歩の農地を手にしていた。事実上、朝鮮半島最大の「地主」である。その東洋拓殖に農作物を売るしかない中、伏見が言うように中垣商会しか価格交渉できないなら、我々はただ働きさせられるに等しい形になりかねない。

「大丈夫だ。一泡《ひとあわ》吹《ふ》かせてやるよ。それには灌漑用水路《かんがいようすいろ》の整備が必要だな。ただし、それなりの投資がいるが致《いた》し方《かた》ない」

吾一さんは伏見が捨てた煙草の吸殻を踏《ふ》み潰《つぶ》すと、苦々しそうにそう言った。

契約を結んだ農家は、最初の一カ月で五百軒を超えた。荒れ地とはいえ、土地の使用代は徴収されず、農機具や肥料は無償貸与される。つまり、借金を背負ってスタートすることがないので、さんざんぱら暴利をむさぼられてきた彼らからすれば破格の好条件だったからだろう。幸いにも、朝鮮の小作農は大陸の小作農と違って農作物の栽培についての知識が豊富で改めて教育を施す必要はなかった。そのため久留米紡績としては、土壌改良や灌漑用水路の整備といったインフラの整備に注力することができてありがたかった。

最初に手掛けたのは灌漑用水路の整備だった。朝鮮の農地は日本と違って、政府の国策会社である東洋拓殖株式会社が資本投下していない地域は灌漑用水路が整備されておらず、降雨に頼る地域も多い。水がなくては農作物の栽培は文字どおり干上《ひあ》がったりである。既存の水利組合に加入して用水路を使わせてもらうことはせず、河川から合法的に水を引いたり、降雨を貯める用水池を掘り、灌漑設備を全ての畑に用意した。

「全ての畑に灌漑用水路を引くには二百万円はかかるな。かなり痛い出費だが、既得権を持つ連中からの妨害を避けるためにも、ここは自社専用の灌漑用水路を引いたほうがいいと思う」

当時の一円は現在の四千円程度の価値があったはずだから、新たに灌漑用水路を引くには八十億円近いお金がかかることになる。大連での事業で二千万円を手にした我々だったが、やはり大きな出費であった。だが、吾一さんの言うとおり、既得権を持つ連中に宣戦布告したような状態だから必要不可欠な投資だった。時勢に逆らわぬよう灌漑用水路の建設についても、工事従事者を日本人と朝鮮人半々を募るようにし、給金も同じにした。そのことに不平を漏らす連中もいたが、天皇陛下自ら「内鮮一体」を唱えられる時勢である。「内鮮一体」とは日本人も朝鮮人も同じ身分であるという意味だ。陛下の御言葉に従わないなら、今後の契約を考えざるをえないと一喝した。果たして、三カ月で灌漑用水路は完成し、ちょうど土壌改良作業が終わった荒れ地の種蒔きに間に合う形となった。

そして、新たな耕作地に種を蒔き終えて大豆が実る気配が見えた一九四〇（昭和十五）年の冬だった。朝鮮総督府から、朝鮮人の姓を日本風に変えろという通達が出たのだった。いわゆる創《そう》氏改名《しかいめい》である。日本風への姓の変更は強制、名前の変更は任意とされていたが、日本風の名前に変える人が多数派だった。それはそうである。反対した親の子どもたちは、学校で理由なく殴られる。そもそも学校の入学を拒否される。役場での手続きを拒否されるといったことが行われたのだ。大半の人は抵抗のしようがなかっただろう。同じ国民として団結を図ろうというのが表向きの理由であったがあまりにもひどかった。

この当時、報道メディアは新聞かラジオしかなく、しかも政府や軍部による情報統制がかけられている可能性を、皆、うすうす感じ始めていた。また、日本軍の戦闘は中国の内部都市であったため、朝鮮半島の京城からはうかがい知ることもできない状態だった。そのため、かつて満州にいたとはいえ、私たち夫婦は日本が日中戦争で勝ち戦にあるのか負け戦にあるのか、まるでわからない状態だった。

しかし、勇ましいニュースしか聞こえてこなくなる中で、思想統制や日常の統制が少しずつ進んでいくのを見れば、日本の戦局のニュースはある意味において、どうでもよい話であった。朝鮮の人びとにとって体制に従わなければ、自分の生活が危うくなるということは誰でも見て取れる状態だった。日本が唱えた、表向きは自由選択であった日本人風の名前に変える創氏改名も好んで行ったわけではないはずだ。日に日に濃くなる世間のきな臭さを感じて、身を守るために創氏改名をせざるをえなかったというのが正直なところであったと思う。後になってわかったことだが、日本は中国に対して局地的な戦闘で勝利をおさめ続けていたものの、上海《しゃんはい》、南京《なんきん》、武漢《ぶかん》、重慶《じゅうけい》と、日本と中国の戦争は確実に拡大し、終わりの見えない泥沼の戦争に突入していたのだった。

日本はアメリカとも最悪な状態に突入していた。アメリカは日米通商航海条約の廃棄を通告してきたのである。これによって、貿易や海運業は壊滅的な打撃を受けることになる。だが、新聞やラジオは人々を言いくるめる情報を流し続け、〝対岸の火事〟を演出し続けていた。吾一さんはそのことを読み取っていたのだろう。私たちにも自分の心情を詳しくは言わなかったが、日本へ帰国しようと言い出したのもそのためにちがいない。

「アサエちゃん、うちの家も名前を変えることにしたばい。それで、アサエちゃんにお願いがあるっちゃけど」

「なんね、ユナちゃん。水臭いねえ」

ユナが家事の手伝いに来てくれた日だった。からりとした物言いしかしないユナが、いつにない遠慮がちな声で尋ねてきたので首をかしげた。

「うちも苗字を日本風の名前に変えようと思うんよ。それでね、旦那とも話し合ったたっちゃけど、日本の名前の苗字にするなら、中垣がいいていう話になったとたい。あつかましい話ばってん、アサエちゃんの旦那さんからお許しをもらえるかねえ？」

「ユナさん、構いませんよ。歓迎いたします。私たちと同じ家族になったものと思って、中垣の名前を名乗ってください。ご主人にもよろしくお伝えください」

たまたま居間でくつろいでいた吾一さんの耳に入ったらしい。立ち上がった吾一さんはそう答えてくれた。

「まて、そうはさせんぞ」

慇懃無礼《いんぎんぶれい》に玄関をまたいで、土間に男がどなり込んできた。

「あんた、仕事を探しに行ったんじゃないとね」

どうやら、ユナの亭主らしい。さっぱり要領を得なかったが、間に割って入るのがはばかられるほど緊迫した雰囲気に息を呑むだけだった。

「あんたが中垣さんか」

「はい、左様ですが」

「あんたやない。旦那を出せ」

「あんた、なんちゅう失礼なことを言うとね。うちは中垣さんからお仕事をもろうとるとよ」

「その仕事がおかしいけん、文句を言いに来たったい」

ユナの夫は完全に興奮していた。これはもう、私が対応できる状態ではない。吾一さんにお願いするしかない。

「お待たせしました。中垣アサエの夫の吾一と申します。今日はどのようなご用件でしょうか」

「どのようなご用件もなかろうが。あんた、うちの女房に下働きさせてゼニを搾り取りよるんやろうが」

察するにユナは、うちで週三日、家事手伝いをしていることを夫に隠していたらしい。それで話がこじれてしまったようだった。

「これじゃから、イルボンサラム（日本人）は信用ならん。口先だけ達者で、我々朝鮮人からありとあらゆるものを奪っていく。国も、金も、名前も、人も。そして言葉もじゃ」

「あんた、やめて。中垣さんは日本人やけど、いい人なんよ。お金もちゃんと払ってもらっとるよ。だけん、ちゃんといろいろなものが買えるようになったろうもん。時々、あんたに食べさせるごちそうも、中垣さんからおすそわけしてもらっとるとよ。お願いやけん、もうやめて」

「うるさい、お前はだまっちょれ。日本人は信用ならん。日本人は朝鮮人をだますのがうまいけんの。俺は九州の筑豊《ちくほう》にある炭鉱でいい仕事があるけんて言われて飛びついて行ったが、体を壊すほど重労働させられて帰りの船賃しかもらえんかった。女房が同じ目に遭っとるなら、亭主が止めに入るのは当たり前じゃろうが。さ、納得のいくごと説明してもらおうか」

「ご主人、結論から申し上げます。お給金の支払い漏れやごまかしは一切生じていません。私はお金のやりとりで誤解が起きるのは一番いやです。ですから、お給金のお支払いについて、奥様に説明して拇印《ぼいん》をいただいています。御覧《ごらん》ください。お手伝いいただく日時、一日あたりのお給金、お仕事の量が増えた時の割り増しお給金、そして、急にお仕事をお願いしたい時の割り増しお給金についてです。ちなみにこの用紙は同じものを奥様にお渡ししてあります。そしてこちらが支払簿です。奥様にお給金をお支払いした際は、金額をご確認いただいて、お手数ですが、拇印を押していただいています。この金額を確認していただければ、お約束した金額を全てお支払いさせていただいているのが、おわかりいただけるかと思います」

ユナの夫は、ひったくるように、ユナに手伝ってもらっている家事のお給金の支払簿を取り上げると、全てのページを見て確認していた。そして、顔を上げると、バツが悪そうな顔をして言葉をつないだ。

「あんたみたいな日本人もいるんだな。悪かった」

「いいえ、お金のことで行き違いがあるのは一番いやですからね。ところでどうでしょう。お口に合うかどうかわかりませんが、我々日本人の間では上等とされる牛肉と日本酒が手に入ったんですよ。せっかくですので、今日はお子様も奥様もうちで夕食でもいかがですか？」

「牛肉はどうするんですか？」

「あいにく、私も妻も朝鮮料理の心得がないものですから、日本で一番人気があるすき焼きを考えていたのですが。朝鮮料理で牛肉が合うものがありますか？」

「そりゃあ、なあ、ユナ。やっぱりプルコギだろうなあ」

「そうね。昔は宮廷料理やったけど、今は流行の食べ方があるもんね」

「名前は聞いたことがありますが、ご相伴《しょうばん》にあずかったことはないんです。どうやって作るんですか？」

「心配しなくても、女房に作らせますから安心してください」

「じゃあ、今日は割り増しのお給金を先にお支払いしておきましょうね」

ユナの夫はよほどおかしかったのか、声をあげて笑った。

話には聞いていたが、プルコギは絶品だった。両家の子どもたちだけで九人いるので、多めに仕入れていた牛肉があっという間になくなったが。ただ、全員笑顔が絶えない食事はおいしかった。

「どうですか？　日本酒ですが。一献《いっこん》」

「いただきます。おお、これはうまい。我々は口に入る時は、マッコリという濁《にご》り酒《さけ》を飲んでますが、日本酒もいけるもんですな」

「日本にもどぶろくといって、マッコリと似た酒がありますよ」

「先ほどは本当に失礼いたしました。中垣さんみたいな誠実な日本人に会う機会はまずありませんので」

「そうですか、日本人として恥ずかしいです」

吾一さんは杯をあけると話を続けた。

「大日本帝国が中国と戦争をしているのはご存じだと思います。あれは完全に大日本帝国の失策です。ほぼ間違いなく、泥沼の戦争になるでしょう。その穴埋めに日鮮融和という、当初の理想の看板を掲げたままで、中身をまったく正反対にするでしょう」

ユナの夫は吾一さんから注がれた日本酒を杯に受けた。

「大日本帝国が日本人なりの視点で、朝鮮半島と真摯《しんし》に生きていこうと考えていた者がいるのは間違いありません。それが本質からずれていたとしてもです。豆満江には発電所を建設しましたし、化学肥料工場や製鉄所を作りました。日本人子弟にも朝鮮語を学ばせ、京城帝国大学まで建学したのはご存じのとおりです。しかし、その陰に搾取の構造があるのはまぎれもない事実です。化学肥料工場は水銀を垂れ流し、結果として多くの犠牲者を出しました。

それに加えて、大日本帝国は日本人子弟の朝鮮語の教育を中止しました。朝鮮人に対して、日鮮融和という看板はそのままで同化政策を進めようとしています。おそらくしばらくは、今のような生活が続くでしょう。日本が支那との戦争がさらに悪化すれば、朝鮮に対する搾取は目に余るものになるでしょう」

「何もかも変わるということですか。どうしたものか。まあ、朝鮮からヤンバンが消えたのと同じような時代の流れなんですかね」

「ヤンバン？」

「ああ、李王朝時代の身分制度ですよ。両班と書きます。最上級の身分ですよ。私は常民、つまり農民です。女房は両班の家の出身ですが」

「となると、奥様は名のある家の……」

「まあ、一緒になる時は女房からしつこく迫られましてね。身分違いだからと逃げたんですが、結局逃げられませんでね。まあ、所帯をもった以上、懸命に働いたんですが失敗続きで、結局妻の実家も食いつぶして、今はこんな有様です」

そう言うとユナの夫は、吾一さんから注いでもらった日本酒の杯を一気に飲み干した。

「うちも同じですよ。僕は運よく帝国大学を出ましたが、その後、借金まみれになりましてね。押しかけ女房になった妻の実家が太かったから助かったようなものです。まあ、結婚なんてそんなもんでしょう」

「まあ、旦那さんは女房が噂話にするくらいの色男だ。それだけの名のあるご令嬢から追いかけられても不思議じゃありませんな」

「あなたもそうだったんでしょう？」

「まあ、そのあたりはご想像にお任せします。しかしなんですな。日本の男も朝鮮の男も結婚したとたんに、カミさんから財布とキンタマを握られるというのは、まったく同じということですな。帝大出の先生もカミさんにかなわんのだから、私みたいな凡人が歯が立たんのは当たり前だ」

そう言って、ユナの夫は声をあげて笑った。

「ところで、ご主人にご相談があるんです。ユナさんと話し合っていただきたい」

「なんでしょう？」

「東洋拓殖という会社をご存じですか」

「ああ、あの農地開発や穀物の販売をやってる大きな会社ですか」

「そうです。その会社と提携して運営している農地があるんですが、用水の管理の仕事に興味はありませんか？　実は私が管理していたのですが、私たちは近いうちに朝鮮から離れなければなりません。九州の妻の実家が経営している工場のテコ入れするためです。仕事としては単に、水田に一定の水量が張っているか確認して、バルブを閉めたり、緩めたりする仕事です。まあ、あとはこまごました仕事はありますが、帳面をつけたりする程度です。月給は百二十円で、夏と冬に賞与が二カ月ずつ出る形となりますが」

当時の一円は今の四千円くらいの価値があっただろうか。吾一さんはユナの夫に五十万円ほどの給料で交渉したことになる。

「大金じゃないですか。なんでそんなうまみがある仕事を手放すんですか？」

ユナの夫はまただまされるのではないかと疑う顔をした。

「先ほどお話したように、朝鮮を離れるということと、日本人より朝鮮人の管理者のほうが、みなさんが信用して団結してくれるだろうと思っているからです。本来、国家の思惑と個人の関係は別のもののはずです。ですが、日本も朝鮮もそのことを冷静に議論できなくなっている。こうなると、強いリーダーシップを発揮してくださる朝鮮人が上に立つべきです。それをあなたにご相談したいのです」

ユナの夫はしばらく沈黙していたが、意を決したように口を開いた。

「わかりました。明日にでも詳しいお話を聞かせてください。そのうえで納得できて、私に務まるようならその場で拇印を押させていただきます」

「じゃあ、今日は飲みますか」

「そうですね」

ほどよく酒が回って、吾一さんとユナの夫が意気投合《いきとうごう》した時だった。

ユナが夫に話しかけた。

「あんた、さっきの話」

「なんか？　せっかくうまい酒を飲んどる時に」

「ほれ、日本の名前を名乗らないかんでしょ。それでアサエちゃんの旦那様にお許しばもらったけど、あんた、不服はない？」

「中垣か……いい名前だな。まあ、天下の東洋拓殖と張り合う会社の次期社長になるかもしらんわけだから、慎んでお受けさせていただこう」

「再びとなりますが歓迎いたします。私たちと同じ家族になったものと思って、中垣の名前を名乗ってください」

夫がかしこまって頭を下げたためか、ユナは嬉々とした声をあげた。

「旦那様、ありがとうございます。そうなったら善は急げたい。明日、朝いちばんで役所に届けてこんといかんね」

「明日はご主人にお仕事の内容とお給料ほかの説明資料を見ていただいて、併せて雇用契約書もお渡しさせていただきます。いい日にしたいですね」

その時、私と吾一さんはユナと連帯感を感じていた。だが浅はかであったと、今では思う。ユナはやむにやまれず自分の名前を変えなければならないのなら、少しでも心が注げる人の名前を名乗りたいと思っただけだろう。本心は自分の本当の名前を捨てなければならない屈辱を噛み殺していたはずだ。

ユナだけではない。朝鮮人の全てがそうであっただろう。日に日にきな臭くなる日中戦争の噂と、しめつけが厳しくなる朝鮮総督府の朝鮮人同化政策の中で悩みつくしたうえの決断であったに違いない。

私たち日本人にも戦争のきな臭さがあきらかに見て取れる日がやってきた。一九三九（昭和十四）年九月一日、ドイツ軍がポーランドに侵攻し、第二次世界大戦が始まったのである。

「なんということだ。こりゃヨーロッパ全体が戦場になるぞ」

ラジオのニュースを聞いた吾一さんが唇を噛みしめながらそう言った。

「ベルリンの佐野さんは大丈夫なのでしょうか」

「彼のことだ。早々に撤退の準備をしているだろう。どのみち、ヨーロッパとはしばらく商売にならないだろうからね。それより、私たちも身の振り方を考えたほうがいい。今行っている大豆栽培のめどがついたら帰国を急ごう」

「今の大豆の刈り入れが終わったら、農地は中垣商会に返却するとして、灌漑用水路の管理はどうされるのですか？」

「それなら心配ない。灌漑用水路の管理は東洋拓殖株式会社に任せてある。また、地主が手にした作物を東洋拓殖株式会社が換金した後、小作農の給与を公平に支払い、残額を灌漑施設利用権として、久留米紡績に支払ってもらうように契約した」

「灌漑施設利用権ってなんですか？　あなた」

「稲や大豆が育つには何が要る？」

「土とお水、肥料ですか？」

「そのとおりだ。その農作物を育てるのに必要な水を運ぶために灌漑用水路を作った」

「そうですね」

さっぱり要領をえない。私が首をかしげていると、吾一さんはいたずらっぽい顔をした。

「じゃあ、作物を育てる水を運ぶための灌漑用水路を誰かが独占して使えるようにしたらどうなるだろう？　伏見が管理している畑や水田は一切農業用水が使えなくなるとしたら？」

そう言って、吾一さんは東洋拓殖会社との契約書をテーブルの上に置いた。

「あの……あなた、いったいどうやって？」

「収穫した大豆の販売価格については、我々は入り込める余地がない。だから灌漑施設利用権を言い値で搾り取れる方法はどうかと、直接、東洋拓殖に持ち込んだんだ。あの飲んだくれて町を歩いてる時期に東洋拓殖の社員を探していたのさ。酒の席で人脈を築くのはお父さんから教わったからね。彼らも圧倒的に販売力が強い中垣商会には言いなりにならざるをえなくて苦《にが》い思いをしていたみたいだ。喜んで私の提案にのってくれたよ」

「でも……これでは伏見さんが反発されるのではないですか？」

「知ったことか。久留米紡績の灌漑用水路を使いたくなければ、自分たちで作ればいい」

予想は当たった。次の日、伏見が訪ねてきたのである。出した茶に口もつけず、激昂《げっこう》をあらわにしていた。

「やってくれたな。中垣」

「やってくれたもなにも、大豆の取引は東洋拓殖株式会社と中垣商会が自由にやってよいという契約ですが」

「この灌漑施設利用料ってのはなんだよ。これじゃ、うちの取り分がねえじゃねえか」

「伏見さんは大事なことをお忘れでしたよね」

「何がだよ」

「稲に限らず、大豆に限らず作物を育てるのは水が必要です。すでに東洋拓殖株式会社が整備している農地は灌漑用水路やため池が整備されています。ですが、中垣商会が持つ農地は雨に任せるだけ。これじゃ、大豆なんて育ちません。そこを弊社が二百万円も投じて、灌漑用水路やため池を作ったんですよ。灌漑施設の使用料をいただくのは当然でしょう。灌漑施設料を払うのが嫌なら、弊社が構築した灌漑設備を使わなければいい。もしくは、灌漑設備をお譲りしてもよいですよ。そうですね六百万円でいかがですか？」

「ふざけるな、ぼったくりもいいところじゃねえか」

「そうですか？　あなたが東洋拓殖株式会社の一部の社員と結託して、不正に大豆を高値で買い取らせていたことに比べれば穏やかなもんだと思いますがね」

「どういうことだよ」

「東洋拓殖から内部情報をつかんだんですよ。あなた、朝鮮の農家から買い取った大豆の量をごまかして買い取ってもらうよう、東洋拓殖の一部の職員と結託してますね？　抱き込んだ東洋拓殖の職員に買い取った大豆の量を水増しして記録させる。そして、代金が振り込まれたら、抱き込んだ職員に一部を渡す。一度に大量の大豆を納入すると帳簿が合わなくなるから、複数回に分けて納品する。こうすれば納品時の計測誤差くらいと判断されるからばれることはまずない。違いますか？」

「くっ、もういい。灌漑施設利用料は、お前が東洋拓殖株式会社と締結したとおり払ってやる」

痛いところを突かれたのか、伏見はソファを立つと早々に家を出て行った。

大豆は無事に収穫を迎えた。取れ高は上々だった。それは京城を離れて久留米へ戻る日が近いことを示していた。

「アサエちゃんが日本に戻るのは仕方なかばってん、寂しくなるねえ」

「あら、京城なんて二日あればやってこれるけん、寂しくなんかなかよ」

「その前に旦那さんから預かった畑と水路を一生懸命守って軌道に乗せんとね。旦那と頑張るけんね」

「ユナちゃん、あのね」

「どげんしたと？」

ユナはもじもじした私の話ぶりに首をかしげた。

「あんまり考えたくないんやけど、うちの主人が言うには、日本と中国の戦争は日本が負けるかもしらんて。もし、朝鮮が危ないことになるんやったら、急いで九州に逃げて来てね」

「ありがとう。やけど、京城はうちが生まれた街やけんね。ここで頑張れるうちは頑張ってみるばい」

京城を発つ日、ユナは夫と京城駅まで見送りにきてくれた。

「じゃあ、旦那様もアサエちゃんもお元気で」

列車が動き出すと、ユナとユナの夫は日の丸の小旗を振りながら大声をあげた。

「中垣家ばんざい！　ばんざい！　ばんざい」

吾一さんは列車の中で立ち上がって、ユナと彼女の夫に一礼をした。そしてユナが見えなくなると席に着いた。

「名残惜しいがやっと日本に帰れるな。穏やかな日本に」

吾一さんがたばこに火をつけるとそう言った。

私たちはまだ気づいていなかった。穏やかな時なんてひと時もない、戦争の時代に完全に飲み込まれていることを。

久留米へ

釜山から船に乗り換えて下関へ。下関からまた船で福岡の門司に渡り、久留米へ下った。下関といい久留米といい、自分の知る街の雰囲気ではなく、独特な高揚した不思議な雰囲気があった。もとより久留米は陸軍の拠点の街である。また、日中戦争が始まったことから陸軍の動きが活発になるのは当然であった。陸軍の制服縫製の受注が見込める。これは大きな安心材料となった。だが現実は厳しかった。

アメリカへの輸出がほぼ絶望的となり、欧州で第二次世界大戦が始まった中で事業をどのように展開していくか、吾一さんは頭を悩ませているようだった。

ドイツへ発つ際に、尋常小学校の生徒だった弟たちは長じて九州帝国大学の学生となり、学業のかたわら家業を手伝ってくれていた。吾一さんは弟たちの意見も聞いていたが、結局民生品より軍需用の増産を行うことを選ぶしかないという結論になった。久留米市の郊外に新たに縫製工場を作り、陸軍からの発注を受けて軍服を縫製して納品を重ねていた。だが、相変わらず世間は不況で民生品の製品は売れず、危機感が増していた。

「臨時ニュースを申し上げます。臨時ニュースを申し上げます。大本営陸海軍部、十二月八日午前六時発表。帝国陸海軍は、本八日未明、西太平洋においてアメリカ、イギリス軍と戦闘状態に入れり。帝国陸海軍は、本八日未明、西太平洋においてアメリカ、イギリス軍と戦闘状態に入れり。今朝、大本営陸海軍部からこのように発表されました」

年の瀬を感じる一九四一（昭和十六）年十二月八日のことだった。作業中に流していたNHKラジオから、アメリカをはじめとした連合国と交戦状態になったという臨時ニュースが流れたのだった。とたんに職場は歓声に沸いた。「これで、一気に不況が解消するぞ」という意見が大半だったが、吾一さんは表情が曇ったままだった。

「なんということだ。支那とも戦争をしているというのに、連合国とも交戦して勝てるわけがない」

「あなた……」

「いや、なんでもない」

この時、吾一さんが言った言葉はそのとおりとなった。だが、そんな冷静な言葉が押しつぶされてしまうほど、日本全体が熱に浮かされていた。戦争が起これば特需が起こり、関東大震災以来の不況が解消するという、短絡的な考えしかできなくなっていたのである。

そもそも戦争は大量に物資を消費する。この年の六月から食糧は配給制が始まっていた。米穀は割り当て配給制度となり、家庭に配給通帳が渡されるようになった。つまり、お金を出しても買える量が制限されるということである。もっとも、人の足元を見て法外な値段で野菜や食料品を売る「ヤミ市」と呼ばれる業者たちが市場を作っていることも珍しくなかった。だが、よほど裕福な家庭でない限り、毎日利用するのはまず無理なほど高額な食品などが売られていた。必然的にほとんどの人たちが配給制に頼ることになった。

翌一九四二（昭和十七）年はさらにひどくなり、衣料や肉類、味噌・醤油の配給制が実施されるようになった。軍需物資の金属が不足するため、家庭の鍋や宝石などの貴金属、果ては寺院の鐘まで国に供出《きょうしゅつ》することを強いられる有様だった。

そんなある日のことだった。吾一さんが夕刻になって、出かけてくると言い出した。

「航空師団の立野大尉から呼ばれてね。仕事を頼みたいということだから話を聞いてくる」

私は特に何も考えず吾一さんを送り出した。だが、帰ってきた吾一さんを迎えて驚いた。統制品になっている牛肉や缶詰、米、酒、小豆、菓子類、たばこなどを大八車に乗せるほど持って帰ってきたのである。

「あなた、こんな貴重なものをどうやって手に入れたとですか？」

「立野大尉から土産にもらったんだよ。明日はすき焼きにでもしてくれ。子どもたちも喜ぶだろう。ただしご近所には内緒だぞ」

「あなた、何か、うちに隠し事をしとんしゃあですね」

頭脳明晰な人なのにわかりやすい人だ。私がそう問い詰めると、吾一さんは目が泳ぎ出した。

「たいしたことではない。仕事の礼でもらっただけだ」

「女の勘は鋭いんですよ。本当のことを言うてください」

「君にはかなわんな。軍服の縫製に加えて、英文と独文の翻訳を頼まれた。ただし翻訳は軍の秘密事項だから誰にも口外《こうがい》しないように言われたから黙っていたんだが」

「軍の秘密事項って……いったいなんなんですか?」

「わからん。だが、軍服の縫製以外に仕事がない状態だ。悩んだんだが、軍の食糧も分けてもらえるそうだから、ありがたく受けるしかないと考えてね。子どもたちにひもじい思いをさせるわけにはいかんからな」

私はなんとも複雑な気分だった。吾一さんが嘘をついていないのはわかったが、災いを招きそうな予感がしていた。残念ながらその予感は的中してしまうのだった。

一九四三(昭和十八)年からは、大学生も徴兵される学徒動員が始まった。九州帝国大学の学生だった弟二人は、航空師団の立野大尉から、「航空機の製造や陸軍の軍服縫製ほかに必要な人材」という推薦状をもらって徴兵が延期された。その代わり、学業は放棄させられ、電車で数十分離れた太刀洗《たちあらい》飛行場で航空機の設計や製造などに駆り出された。

アジア・太平洋に広がった戦場に若者たちが毎日送られていった。そのたびに愛国婦人会と呼ばれる女性団体や近所の人たちが、乏しい中からなんとか寿司や菓子を持ち寄って、出征していく若者たちを激励した。

「それでは、神国日本の兵士として、出征する彼の武運を祈って、万歳三唱でお送りしましょう。

天皇陛下万歳！　万歳！　万歳！」

愛国婦人会の人たちや徴兵を免除された年配の男たちが、数えきれないほど用意した日の丸の小旗を打ち振った。その日の丸の小旗がはためく音に耐えきれず、私はいつも家に逃げ込んだ。夫から聞かされていた、連合国の軍事力からすれば、出征していく若者たちが生きて帰ってくることはまずないことを思い出してしまうからだった。


「雄介」

ある日、弟の学友の九州帝国大学の学生が工場に訪ねてきた。新品の陸軍の軍服を着ていたがすぐにわかった。彼が太刀洗か知覧《ちらん》から特攻に駆り出されることを。

「藤田、すまん。俺は卑怯者だ。軍の上の人に手を回してもらって逃げた」

弟は涙で声を詰まらせながら懺悔《ざんげ》した。

「バカを言うな。お前がいないと、俺が乗る九九（九九式襲撃機）は敵艦に突入する前に撃墜されるのがおちだ。整備をしっかり頼むぞ」

「藤田、本当にすまん」

「お前は生きろということだ。天命ってやつだよ。俺の分も他の学友の分の寿命も、お前とおふくろさんにやるよ」

慟哭《どうこく》する弟よりも、最後のあいさつに来た藤田君のことが気になった。

「藤田君」

「お母さん、いろいろとお世話になりました」

「藤田君、雄介よりも会っておかないといけない人がいるでしょう?」

「いえ、いません」

「せっちゃん、ちょっときて」

女の勘である。訓練後に時々遊びにくる藤田君が、学徒動員で高等女学校からうちの工場に働きに来ていた節子ちゃんに気を取られているのは気がついていた。節子ちゃんも藤田君の気持ちにはなんとなく気づいてはいるようだった。だから、二人の背中を押してやるべきだと考えたのだった。ほぼ間違いなく、二人が話を交わす最後の日になるのだから。

「なんですか? お母さん。今、一番忙しい時なんですけど」

工場から外に出てきた節子ちゃんは、藤田君の姿を見つけて息を呑んだ。

「さ、二人で少しゆっくり話をして。せっちゃん、仕事のことはいいから」

弟の雄介を引っ張って工場の中に戻った。きっと、二人とも胸の内を正直に話すことはできないだろう。それでも二人だけにしてやりたかった。今生《こんじょう》の別れとなる日だとしても。だが、工業用ミシンが走る音に消されず聞こえてきたのは、藤田君の慟哭だった。

「いやだ、死にたくねえ。絶対に死にたくねえ。もっと生きてえ。せっちゃん、俺は生き残って、せっちゃんを嫁にもらって、じじいになるまで一緒にせっちゃんと生きていきてえんだ」

工場へ駆け込んできて、持ち場のミシン机へ突っ伏して号泣《ごうきゅう》する節子ちゃん。その声を聞けば、あの藤田君の慟哭の後、どんなやり取りがあったのかは一目瞭然《いちもくりょうぜん》だった。藤田君はおそらく、あと数日の間に命を落とすのだろう。彼女が激しく泣きじゃくる声を、工場のみんなは仕事をしながら何も存在しないかのように無言のまま聞いていた。節子ちゃんと藤田君を不憫《ふびん》に思ったのは当然だ。だがそれ以上に、私たちには若者の死が日常になりすぎていた。

藤田君だけではなかった。それから数日の間に雄介の学友が何人も訪ねてきた。

「ほんとは軍から口止めされているんですが、回天に乗せられるらしいです」

「かいてん……といいますと」

「早い話が、魚雷の中に入って敵艦に突撃する兵器です。自分はついに帝国海軍の部品になるようです。巡洋艦くらいなら、命中すれば木っ端《こぱ》みじんに撃沈できるらしいです。まあ、自分の命と米軍の巡洋艦一隻が同じとなると、高いんだか安いんだか」

もちろん、この当時、軍の機密はもちろん、こんな自由な意見を述べることは絶対にできないことだった。だが、自分の発言が外に漏れないと思ったのか、それとも、特攻出撃が近いことを悟った彼らはあけすけなことを言っていた。

「そうですか……」

「気に病まないでください。それから、雄介に自分を責めるなと伝えてください」

若い自分の命が家畜のように奪われることを、彼らは冷静に見つめていた。だが、私たちは遅かった。もはやこの流れを食い止めることはできなかったのである。


日本は明らかに負け戦へと突き進んでいた。

一九四四年六月のサイパン陥落から、東京や横浜などの大都市は米軍の空襲を受けていた。日本国内では報道こそされていなかったが、グアムやサイパンが連合国軍の手に落ち、日本本土は連合国軍の空爆の射程に入ったのである。新聞やラジオは勝ち戦を報道し続けていたが、日本が連合国に負けているのは明らかだった。

そんな中、私たち夫婦は新たに稼働した縫製工場で陸軍に納入する軍服を縫製していた。そんな日々が回り始めた一九四五（昭和二十）年七月のある日の夕刻のことだった。我が家に特別高等警察（特高《とっこう》）が訪問してきたのである。特高とは、戦争などの国策に反対する思想を持つ者を逮捕・収監する権限を持つ、その当時もっとも恐れられていた警察官であった。逮捕された後、拷問されて獄中死することも珍しくないとすら言われていた。

「中垣吾一だな。久留米署の特別高等警察の者だ。治安維持法違反容疑で逮捕する」

「ちょっと待ってください。うちの人が何をしたというんですか」

「おなごは黙っちょれ。公務を妨害すると、お前も逮捕するぞ」

必死に抗議したが、まったくとりつく島もなく、吾一さんは連行されてしまった。その時、私は思い出したのだった。軍服の縫製を発注してくださる陸軍の立野大尉から英文と独文の翻訳を頼まれたと吾一さんが言っていたことを。

間違いない。そのことが誤解されて逮捕されたに違いない。いずれにせよ、急がなければ吾一さんが特高に拷問されて命を落とす可能性すらある。私は仕事の手をとめて、立野大尉の自宅に押しかけて直談判《じかだんぱん》することにした。幸いにも、吾一さんが営業活動の中で立野大尉の自宅を聞き出したメモを残していたので、身支度《みじたく》もそのままに出かけた。

「ごめんください、夕刻の時間に申し訳ございません。久留米紡績の中垣でございます。立野大尉はご在宅でしょうか？」

立野大尉の奥様が出てこられたが、尋常ではない事態をくんでくれたらしい。すぐに客間《きゃくま》に通してくれた。

「夕刻のこの時間によほどお急ぎのようですが、いかがなされたのかな」

軍服を脱ぎ、普段着で現れた立野大尉はいつものとおり、穏やかな物言いだった。私にすればのんびりしている場合ではない。状況を矢継《やつ》ぎばやに立野大尉に告《つ》げた。

「主人が特高に連行されたとです。立野大尉のお力でなんとか助け出していただけないでしょうか。主人は軍の機密文書を翻訳しとったとでしょう？」

「どうしてそれを」

「一緒に暮らしていれば、それくらいのことはわかります。もちろん、私は誰一人としてそのことを話しておりません。ですからどうかお願いです。主人を助け出してくらっしゃい」

私は何も考えられず、絨毯《じゅうたんじ》敷きの居間に頭をこすりつけて土下座《どげざ》した。

「奥さん、顔を上げなさい。わかりました。この立野が特高からご主人を解放させるように動きます。今すぐ連絡を取りますから安心なさい。早ければ明日、遅くとも明後日には自宅に戻れるようにしますから」

「ありがとうございます。なにとぞよろしくお願いいたします」

「さ、安心して家でご主人を待ちなさい。この立野が今から動きますから」

私は何度も頭を下げて、立野大尉の自宅を後にした。はたして翌日、立野大尉の言うとおりとなった。拷問されたのだろう。顔だけでなく、全身あざだらけになり、陸軍の兵士に両脇を抱えられて、吾一さんは自宅に戻ってきたのである。吾一さんの身柄引き渡しに来たのは、吾一さんを連行した特高警察の私服警官だった。

「立野大尉から聞いたでしょうが。あんたはお国のために働いとる主人を妨害したうえに、暴行を加えたとですよ。その落とし前を今すぐここでつけてもらいましょうか」

私がそうすごんだが、警官はどこ吹く風だった。

「中垣吾一、嫌疑《けんぎ》不十分。釈放だ。ありがたく思え」

そう吐き捨てると、私服警官は踵を返した。

「誤認逮捕とはいえ、しかしひどすぎますね。自分が思いますに、ご主人は最低一週間は静養が必要ですよ」

立野大尉の命令で吾一さんに付き添ってきてくれた若い陸軍の軍医の言うとおり、夫はそれから一週間、静養が必要になった。


その後、幸いにも傷跡も残らず働けるようになった。立野大尉は申し訳ないと頭を下げに来訪してくれたが、仕事をもらっている以上何も言えなかった。なにより陸軍は、大刀洗飛行場が壊《かい》滅《めつ》状態になるほどの猛爆を連合国軍から受けていた。その中で、軍服の縫製の仕事を出してもらえるのは、ありがたいの一言に尽きる状態だった。

そんなある日だった。連合国軍の爆撃機が飛来して、チラシを撒いていったのである。一九四五（昭和二十）年八月一日のことだった。チラシに連合国軍の爆撃機の絵が描いてあり、水戸や八王子といった関東地方の地名に混じって「久留米」と漢字で記載されていた。

「あなた……これは」

「彼らは本気だ。すでに大牟田《おおむた》も大刀洗も焼かれている。久留米の日本タイヤ（現在のブリジストン）などの工場を軍需工場とみなして爆撃するつもりだ。うちの工場も危ない。八月いっぱいは空襲警報があったら、君と子どもたちはすぐに従業員全員と防空壕に入りなさい。できるだけ工場から離れた防空壕に入るんだ。わかったな」

吾一さんの予想は当たった。八月十一日午前十時頃に、ラジオで敵機が来襲との報があった後、数十分もしないうちにB29爆撃機の編隊が現れたのだった。茫然と空を見上げている場合ではなかった。ヒューヒューと笛を吹くような音が響き始めたかと思うと日本タイヤなどの工場が爆撃を受け始めたのだ。

「米軍の爆撃だ。みんな急いで防空壕へ逃げろ」

「でも、社長、防空法で決められとるけん、火ば消さないかんでしょうが」

当時、政府は「防空法」という、米軍が焼夷弾《しょういだん》を投下して火災が発生した場合、近隣で消火活動に努めないといけないという法律をもうけていた。

「いいから防空壕へ走れ！　焼夷弾は水をかけたくらいじゃ絶対に消えん。急いで逃げ込まんとお前も丸焼きになるぞ」

家の外は地獄だった。米軍が投下した焼夷弾が次々と民家を炎でなめつくしたかと思うと、次は目の前で人々が炎に巻き込まれていく。

「ぎゃあああっ」

誰かの叫び声で立ち止まってしまった。振り返ると見ず知らずの女性の髪の毛が、まるでかんなくずに火をつけたように燃えあがり、そして全身が炎に包まれていくところだった。

「後ろを見るな。子どもたちと防空壕へ急げ！」

吾一さんの声で我に返り、子どもたちを両手でかかえて防空壕へ走った。工場の工員たちと防空壕に滑り込むと、焼夷弾が落ちた衝撃で防空壕の床が突き上がった。外は間違いなく焼夷弾の熱で灼熱地獄《しゃくねつじごく》だ。みるみるうちに壕の中の温度が上がり始めた。

「とうさま、こわいよう」

一番下の子が夫にすがりついた。

「大丈夫だ。必ずとうさまが、母さんも、お前たちも、全員守ってやるからな」

吾一さんは子どもたちを全員抱き寄せ、そして私の肩を抱いた。

危機的な状況の中で、吾一さんの頼もしい言葉を聞いたせいだろうか、ベルリン大学で出会った時のように吾一さんをいとおしく感じた。

三十分も過ぎただろうか。爆音が鎮まったので、吾一さんとおそるおそる外に出てみた。爆撃は終わっていた。至るところに人の形をした炭が転がっていた。焼け焦げた死体だった。見るに耐えがたかったが、なにより耐えがたかったのは、焼けた人の肉の臭いが充満していることだった。豚肉を焼いたような臭いの中に混ざる、こげたロウソクのようなすえた臭い。

思わず嘔吐《おうと》しそうになって顔をそむけた先に、道路に伏したまま炭になった女性の死体があった。母親らしかった。わが子だけでも命を守ろうとしたのだろう。奇跡的に焼け残った二歳くらいの子どもが母親の体の下から見えたが、腹からはみ出した腸が焼夷弾の熱で赤黒く焼け焦げていた。人間だけではなかった。突然の爆撃で焼け死んだらしい鳩やスズメが黒焦げになっていた。ふと見ると、奇跡的に焼死しなかったらしい鳩が片方の羽に火がついたまま、ばたばたともがき苦しんでいた。

残酷すぎる光景に耐えられず、私は嘔吐してしまった。

「アサエ、大丈夫か？」

夫が背中をさすってくれた。今は気丈を保たなければならない。無言で首を縦に振ると立ち上がった。

「それにしても、よく我々は生き延びたものだ」

見渡す限り、市街地の建物が灰燼《かいじん》と帰していた。ただ、連合国軍はわが社の工場は取るに足らないと考えたのか、奇跡的に無傷だった。

「ああ、なんという奇跡だ。ありがたい」

家族全員だけでなく工員も誰一人としてケガ一つしなかった。

これを奇跡と言わずしてなんと言うのだろうか。罹災者《りさいしゃ》がこれだけ出る中で、不謹慎だが神に祈らずにはいられなかった。

敗戦

「朕《ちん》、深く世界の大勢と帝国の現状とに鑑《かんが》み、非常の措置《そち》をもって時局《じきょく》を収拾《しゅうしゅう》せんと欲《ほっ》し、ここに忠良《ちゅうりょう》なるなんじ臣民に告《つ》ぐ。朕は帝国政府をして米英支蘇四国（アメリカ・イギリス・中国・ソ連）に対し、その共同宣言を受諾《じゅだく》する旨通告《むねつうこく》せしめたり。そもそも帝国臣民の康寧《こうねい》を図り、万邦《ばんぽう》共栄の楽をともにするは、皇祖皇宗《こうそこうそう》の遺範《いはん》にして朕の拳々《けんけん》おかざるところ。さきに米英二国に宣戦《せんせん》せるゆえんもまた、実に帝国の自存《じそん》と東亜《とうあ》の安定とを庶幾《しょき》するに出《い》で、他国の主権を排し領土を侵すがごときは、もとより朕が志《こころざし》にあらず。……」

「社長……天皇陛下はなんとおっしゃっておられるとでしょうか？　難しゅうて、いっちょん（まったく）わからんです」

空襲から四日経った八月十五日だった。正午前にNHKラジオで天皇陛下から重要なお話があるという告知があり、工員と学徒勤労動員で学校から派遣されてきていた高等女学校の生徒たち全員で整列してラジオを静聴《せいちょう》していた時だった。難解な放送内容に業を煮やしたのか、工員の一人が吾一さんに話しかけた。

「天皇陛下は日本が戦争に負けたことを認めるとおっしゃっておられる」

「またまた、社長、こんな時に冗談はやめてくださいよ。神国日本の軍が英米に負けるわけがなかでっしょうもん」

「馬鹿者！　かしこくも天皇陛下の御言葉であるぞ。これ以上の戦争継続は不可能だと判断され、連合国からの降伏の申し出を受け入れられたとおっしゃっておられるのだ。日本は、日本は……戦争に負けた」

吾一さんの言葉を聞いて、工場のあちこちから工員や女子学生たちのすすり泣く声が聞こえてきた。このころは、雇用している工員以外に学徒勤労動員の女学生工員もいた。涙をこらえている者もいれば、厳粛な空気に言葉を失ってただうつむいている者もいた。

「社長。うち、いまから自決《じけつ》します。お世話になりました」

重苦しい空気を打ち破って声をあげたのは、高等女学校の生徒だった。博多、久留米、長崎の諫早《いさはや》から集められた女子学生は、学校の授業はなく、工場などで軍需物資の生産に就《つ》かなければならなかった。

「何を言ってるんだ。バカなことは言うな」

吾一さんが思わずそう叫んだ。だが、彼女はどんな言葉も受け付けないほど心を閉ざしてしまっていた。

「もういいんです。人の上にあんな爆弾を落としていくげな鬼が日本に来るとでしょう？　生きて虜囚《りょしゅう》の辱《はずかし》めを受けず。そげな鬼に乱暴されるくらいやったら、陸軍の兵隊さんに習ったごと、いさぎよく青酸《せいさん》カリで自決します」

そう泣き叫んだ女子学生は茶色い薬瓶を取り出した。どうやら青酸カリが入っているというのは本当のようだ。どこからそんな毒物を手に入れたのか。声をあげた高等女学校の生徒は茶色い薬瓶を手に震えていた。

「青酸カリを飲んだら楽に死ねるとでしょう？　社長、お母さん、本当によくしてくださって、ありがとうございました。さようなら」

「青酸カリ？　なんであんただけそげなよかもんを持っとると？　うちにもちょうだい」

勤労動員の女子学生たちは白のはちまきを外《はず》して、青酸カリが入っている茶色い薬瓶を取り合った。黒髪がなびき、若々しさを放っていた。その輝きを彼女たちは皆、自らの手で消そうとしていた。

「馬鹿なことを言うんじゃない。その薬瓶を渡しなさい」

「人の上に爆弾を落としていく鬼みたいな連中が久留米に来るとでしょう？　そしたら、女は乱暴されるのは間違いないやないですか。そげな死ぬよりつらい目に遭うくらいなら、生きとる価値なんてありまっせん。うちは今すぐここで自決します」

「落ち着きなさい。天皇陛下はなんとおっしゃっておられたか、さっき説明したろうが。戦争には負けたが、力を合わせてこの国を復興させなさいと。大丈夫だ。何も心配ない。もし、連中が女に乱暴をはたらくような連中ばかりなら、陛下は我が国の男が全員死んでも戦闘の手を緩《ゆる》めるなとおっしゃるはずだ。違うかね？　とにかく心配するな。その薬瓶を渡しなさい」

「うそです。もう、手に負えんけん、女や子どもを放り出すとでしょう？　絶対いやです。あげな鬼みたいな連中に乱暴されるくらいなら、今すぐ自決します」

青酸カリが入った茶色の薬瓶を、私がそっと取り上げようとした時だった。彼女はそれを悟ったのか、ガラス瓶を開けて一気に薬瓶の中身をあおった。

「りっちゃん！」

彼女は無言のまま倒れ、みるみるうちに血の気が引いていった。そして、まるで釣り上げられた魚のような動きのない目になり、呼吸が荒くなってそのまま床に倒れた。倒れた時に頭を床で激しく打ったせいか、床にゆっくりと血の海が広がった。

「りっちゃん、りっちゃん、しっかりして」

さっきまでいのちを絶つことを頑として決めていた女子学生たちは死に至る彼女の姿を見て、長崎からきた律子という女子学生の体をゆすった。だが、彼女はみるみるうちにつややかな肌が青白くなり、そして動かなくなった。

「りっちゃん、ねえ、返事をして。お願い」

律子の体を激しくゆさぶる女子学生に対して、夫も言葉をかけるのをためらったようだった。目の前に起きた死に畏怖《いふ》したのか、震えが止まらない女子学生も多かった。

「もうやめなさい。残念だが律子ちゃんは亡くなってしまった」

吾一さんはどこまで気丈なのだろう。女子学生たちを諭《さと》すように話を続けた。

「みんな、辛くてたまらないが生きよう。いや、生きるんだ。陛下はこうおっしゃっておられる。総力を将来の建設に傾け、道義《どうぎ》を篤《あつ》くし、志操《しそう》をかたくし、誓って国体《こくたい》の精華《せいか》を発揚《はつよう》し、世界の進運に後《おく》れざらんことを期すべし。なんじ臣民それよく朕が意を体《たい》せよ。この日本の国を、再度立ち上げるために意を発揚せよということだ。今日一日は陛下の御言葉を噛みしめるために休みにしよう。そして明日から、陛下の御言葉に沿うように働こうやないか」

工員たちの涙混じりの返事を聞いた後、吾一さんは一人ひとり激励の握手を行った。本当にこの人は人の心をつかむのが上手い人だ。それだけでなく、強い人だ。本当は唯一の仕事である陸軍の軍服縫製の仕事を失って、大きな重圧の中にいるはずなのに。


男性工員たちにできるだけきれいな材木を集めてもらって、青酸カリで自死してしまった高等女学校の生徒、りっちゃんの棺桶《かんおけ》を作った。そして、空襲で燃えかけ、半分炭になった材木を集められるだけ集めて機械油をかけて、りっちゃんを火葬にした。すぐに機械油が彼女の若い体の脂と肉を燃やした。工場の庭で火葬にした周囲は、豚肉とスルメと食用油を焼いたような悪臭でいっぱいになった。死体が猛火に包まれるのを維持するために、男性工員たちは空襲で燃えかけた材木を必死にくべた。

あまりにもひどい死の匂いに、私たちは耐えきれず、ほとんどの者が嘔吐した。

若い人が人生を終えるのを弔《とむら》うにはあまりにも惨めな送り方だった。だが、これでも葬儀を執《と》り行ってもらえるだけ、ましだったのかもしれない。なにしろ、米軍の空襲で人の形をした炭になって亡くなる人が続出したのだから。

「社長、よかごとあります。骨上げしますか?」

結局、律子を火葬するには一晩《ひとばん》かかった。我々は一人ずつ、彼女の骨を拾った。中には、安易に死に走ろうとしたことで、彼女を死に追いやってしまったのではないかと自分を責める女子生徒も多かった。私はその子たちの自責《じせき》の念を和《やわ》らげるのが精いっぱいだった。

「こげな送り方をするんが贅沢っちゅう時代というのもむごい話じゃのう。なんともやるせない話ばい」

最後の骨上げを執り行った男性工員がつぶやいた。律子の骨を骨壺《こつつぼ》に収めると、あらかじめ許可を取っていた役所へ出向き、律子の死を正式に告げることとなった。

役所の帰り、涙がこぼれるのをとめられなくなった。日本人があれほど渇望した戦争はなんだったのか。それはわからないが、自分たちが炎の中にくべる材木で、彼女の遺体は骨になり、あの艶《つや》やかな髪の色もない、無邪気に笑う笑顔もないただの骨になった。遺骨は佐賀の唐津《からつ》にある彼女の実家へ届けた。彼女のご両親から何も責められなかったのが余計につらかった。丁重なあいさつを受けて見送られたが、帰りの列車の中で、私は夫の膝の上で人目もはばからず泣いた。

工場は生産を中止した。このまま生産を続ければ、倉庫代がかかるだけで経営を圧迫するだけだったからだ。戦争に負けた国はみじめなものである。お金の価値はどんどん下がり、昨日まで一円で買えていたものが五円でないと買えないという状態が日常になった。それでも物が不足しているから、言いなりになるしかなかった。

もっとも、ヤミといって、農家が非合法に米や農産物を販売している市場があった。ただ、値段も法外でとても日常的に買えるものではない。当然、ほとんどの家が乏しい食糧で生活を賄《まかな》わなければならなくなった。今の人には想像もできないだろうが、道端に生えた雑草でも食べざるをえなかった。つくしやノビルといった野草は上等なほうで、苦みの強い野草を工夫して食べるというありさまだった。

夫は何を考えているのか、午前中は営業に回らず、新聞を読みながら、たばこをふかすだけになった。午後になると、やおらどこかへ出かけていくが、積極的に営業に出ていく様子はない。

朝鮮にいた時も、夫はこんな様子で起死回生《きしかいせい》の策を出して事業を成功させたが、私は気が気ではなかった。それというのも、夫は従業員を誰一人クビにすることなく、休業補償を出して、社員を雇い続けていたのである。大陸と朝鮮で資本力を蓄えたとはいえ、このままでは久留米紡績の倒産は時間の問題である。私は夫を信じて、日々食糧の調達に奔走した。そうこうしているうちに八月も終わり、九月も終わりを迎えようとしていた。

朝、乏しい食糧で朝食を作る支度をしていたら驚いた。夫が背広を着て出かける準備をしていたのだ。

「あなた、どこに行きんしゃあとですか」

「営業に行ってくる」

「営業って……どちらへですか？」

「博多の天神町におさまった、連合国軍の九州軍政部だ」

九州軍政部とは、いわゆるＧＨＱ（連合国最高司令官総司令部）である。神奈川県の厚木《あつぎ》に降り立ったダグラス・マッカーサーは、陸軍が接収していた東京の第一生命社長室におさまった。その後、日本各地を効率よく統治し、かつ民主化を図るために拠点を置いた。その一つが九州で一番の繁華街がある福岡市天神町の九州軍政部だった。

「なんばいいよっとですか。あげなところに出かけたら、間違いなく殺されます」

「心配しなくていい。彼らの狙いは知っている。そこを突けば、金も生活物資も大量に持って帰ってこれるぞ」

ネクタイを結びながら淡々と話す夫は何を言っても聞かない。とはいえ、軍政部のアメリカ人が友好的とは限らない。夫は出会った時から物静かで優しい人だ。だが、ここぞという時は一歩も引かない人だ。私も意を決して言葉を添えた。

「わかりました。では、私も一緒に行かせていただきます」

「君は家で待っていたまえ」

「アメリカ人はもう日本人を殺さんと言うたやないですか。それなら、うちがついていってもなんの問題もなかでしょう？」

半ば怒りをあらわにして夫に食い下がった。夫は何を思ったのか、私の手を強く引いて私を抱きしめた。ベルリンでのあの日の抱擁のように。そっと私の体を離すと、あの穏やかな笑みを見せた。そして、突然、私に向けて敬礼をした。

「中垣アサエ少尉」

「はっ」

私が吾一さんにならって敬礼すると、夫は言葉を続けた。

「ただいまより、本官の博多への帯同《たいどう》を命ずる。敵はすでに上陸戦を展開しておる。我々の任務は、食糧、医薬品、衣類、復興用建材等を連合国軍から奪うことである」

「はっ」

「戦局は悪化の一途《いっと》である。心して聖書の言葉を刻み、敵軍と戦うように。天皇陛下万歳」

夫がそう言った後、どちらからともなく笑いがもれた。そして再び抱き合った。

「こんな話ぶりも時代遅れになったんだな」

「はい」

これから、鬼の住処《すみか》に乗り込もうとしているのに、私たちの間で笑いがこぼれた。戦争は終わった。もう、米軍の焼夷弾爆撃も、女子学生たちの竹槍《たけやり》での刺突《しとつ》訓練も目にすることはない。不思議な喪失感だった。ことごとく財産を失ったのに。でも、私たちは生きている。最も大事な〝財産〟を失わなかった。なんと幸運なんだろう。とにかく戦争は終わったのだ。


西鉄久留米駅から博多の天神へ。切符を二枚買った時、駅員の表情が曇ったのが気になった。その意味はすぐにわかった。そもそも西鉄線は戦争中に、通勤・通学の電車が米軍の艦載機の銃撃に遭い、数十人の死傷者を出した。ほんの数週間前のことである。だが、今はその心配はない。そのことに違和感を覚えた。だが、私たちが向かおうとしているのは、あの悪行を続けてきた鬼の住処だ。そのことを思うと、いまさらながら震えがとまらなくなった。

おそらく大陸か、フィリピンや台湾から引き揚げてこられたのだろう。向かい側の座席に座る、みすぼらしくも笑顔をたたえた復員兵らしき人が頭を下げた。慌てて私も頭を下げた。穏やかだった。見ず知らずの方ともあいさつできるくらい気持ちの余裕が出たのだ。とにかく戦争は終わった。夫の言うとおり、九州軍政局のアメリカ人たちとの交渉はうまくいくかもしれない。根拠のない自信だ。だが、私の背中を押してくれる何かを感じていた。

西鉄福岡駅に着くと、淡い期待はあっさり崩れた。博多の街は見る影もなく建物が壊れ、いまだに焼死体の臭いが街中に漂っていると錯覚するほどだった。博多港のほうから歩いてきたのか、道行く人の目はまるで死んだ魚のようだ。おそらく朝鮮、台湾、満州から引き揚げてきた船に乗ってきたのであろう。自分たちが住んでいた大連や京城がどのようになったのか、説明されなくても想像はついた。

「だんなさん、すんません」

西鉄福岡駅を出てしばらく歩いた時だった。みすぼらしい陸軍の軍服を着た男から声をかけられた。正式に陸軍に属していたのではないだろう。うちの工場は陸軍の制服の縫製を請け負ってきた。ある程度、損耗がひどくなると、陸軍から新しい服が支給されるはずだ。おそらく廃棄処分される軍服をどこかで調達して普段着にしているのだろう。

「どうかされましたか?」

「いや、そのお恥ずかしい話なんやけど、わしら、なんとか満州から引き揚げてきましてな、これから故郷《くに》の大阪へ引き揚げますんや。その……言いにくいんですが、カンパンでもお持ちなら、分けてもらえんでしょうか。子どもたちがひもじがってましてな。わしら、博多はさっぱり土地勘がないんで、どうしたらええんやらっちゅうわけですねん」

たまたま、私は手提《てさ》げ袋《ぶくろ》に陸軍支給の缶詰やカンパンを持っていた。缶詰はご両親に渡すと、しゃがんで子どもにカンパンを渡した。よほど空腹だったのだろう。カンパンの缶に手を突っ込んで、あっという間に食べてしまった。

「はい、じゃあ、目をつぶってアーンと口をあけて」

少年がおそるおそる目を閉じると、私は陸軍の官給品としていただいていた追撃錠《ついげきじょう》を一粒、少年の口に入れてあげた。追撃錠とは十二粒入りのキャラメルのことである。戦時中は甘味のものは兵士優先で、一般の人には滅多《めった》に回ってくることがなかった。我が家はたまたま、陸軍の幹部と交流があったため、官給品のキャラメルなどが手に入った。

「あまーい。おばちゃん、これ、キャラメルやろ？　どこで手に入れたん？」

「ないしょ。追撃錠はあと三箱あるから全部あげようね。大阪まで大事に食べてね」

「うん、おおきに」

元気を取り戻した少年の声に気持ちがほころんだ。

「まあ、えらい目に遭いましたわ。八月九日やったか、十日やったか、満州にソ連が攻めてくるていう噂が立ちましてなあ。笑っておったら、ほんまそのとおりでしたわ。こりゃ大事になると思うて、少しの服と銭と食糧を持って、引き揚げのために港に向かいましたんや。大連におりましたが、旅順はすでにソ連軍の手の内になりつつあると聞いたんですわ。まあ、そりゃ引揚船に乗るのに必死でした」

「大連？　大連にいらっしゃったんですか？」

「そうです。浪花町っちゅうところの近くに住んどりました」

「今、大連はどうなってるんですか？　そこに伯父の会社があるんです」

「いや、そら、わしに聞かれても困るんやけど、ギリギリ引揚船に乗った人が言うとったんは、砂糖にたかるアリみたいに、大連の街はおろか満州全体をソ連軍が襲ったらしいですわ。兵隊さんはもれなくその場で殺されるか、捕虜にされて連行されるか。民間人もぎょうさん犠牲が出とるそうですわ。そうですか。大連にご親戚がおられたんですか。事態を察知して、はやく引揚船に乗っておられるといいですね。貴重なもんをありがとうございました。わしら、博多駅へ向かいます」

「どうぞお気をつけて」

キャラメルをもらって機嫌がよくなった子どもが振り返って手を振る。私たちも踵を返してGHQの九州軍政局へ向かうことにした。

「すみません。ちょっと道をお聞きしたいのですが？」

「なんね？　どこに行きんしゃあと？」

「九州軍政局に行きたいのですが」

とたんに道を尋ねた人はしりもちをつかんばかりに驚いて、表情を変えた。

「あんたがた、正気ね。あそこに誰がおるか、わかっとろうもん」

「もちろん知ってます」

「ＧＨＱから派遣されてきた連中ばい。つい二カ月前に、博多を絨毯爆撃して焼野原にした連中ぞ。そげなところに行ったら、命がのうなるばい。悪かことは言わん、やめなっせ」

「それでも行く必要があるのです」

夫が静かにそう言うと、陸軍の歩兵だったらしき男はため息をついた。

「一本、やりませんか？」

言葉が途切れたのをつなぐように、夫は男にたばこを差し出した。

マッチで火をつけてやると、男はしみじみと口にした。

「うまかねえ、やっと博多に帰ってきたげな感じがしますばい」

「軍ではどちらにいらしてたんですか？」

「満州です。よく生きて帰ってこれましたよ。八月九日にいきなりソ連軍が満州に攻め込んできましてね。兵隊やら若いもんはあっさり連れ去られました。おそらく捕虜にされて、こき使われておるんでしょう。嘆かわしいことですたい」

「大連の繁華街はどうなったんですか？伯父が浪花町にいたんですが」

「そりゃ、お気の毒やったね。ソ連軍の砲撃や銃撃で阿鼻叫喚《あびきょうかん》でした。わしらも手の打ちようがのうて、撤退命令が出たくらいやけん。気の毒ばってん、あんたの伯父さんは生きておらんじゃろう。もし生きておったとしても、共産主義のソビエトから反社会分子とみなされて財産を取り上げられて、拷問を受けとるのがオチでしょうな。残念ばってん、悪いことは言わん。あきらめなんせ」

やはり望みは絶たれたらしい。伯父は私たちを裏切って、さんざんぱらひどい目に遭わせた人間だ。だが、吾一さんとの結婚を認めてくれた人でもある。私の胸の中は複雑な思いが走った。その思いはやがて涙に代わった。

「今は我々の生活を立て直す時だ。そのことに集中しよう」

「はい」

気丈にふるまったが、やはり寂しさは消えなかった。

天神の千代田ビルに設置された九州軍政局のビルに近づくと、衛兵が怪訝《けげん》な目を向けた。そして、我々が堂々と門をくぐろうとしたせいだろう。衛兵たちがいっせいにマシンガンを向けた。

「止まれ。警告する。それ以上近づくと容赦なく撃つぞ」

夫はまったく動じず、十字架《ロザリオ》と英語版の新約聖書を取り出すと、マシンガンを持った彼らにつきつけた。そして流ちょうな英語でたたみかけた。

「体を殺すことをできても、魂を殺すことができない者どもを恐れるな」

聖書の中に収録されている言葉である。夫の言葉に気圧されたのか、理路整然とした言葉に説き伏せられたのか、衛兵は二人ともマシンガンの銃口を下げた。そして衛兵の一人はたばこを投げ捨てると言葉を続けた。

「見事な英語だ。どこで覚えたんだ？」

「英語は大学時代に覚えた。いや、むしろ聖書で覚えたといったほうがいいだろうね、そうでなければ、さっきのようなやり取りは無理だっただろう」

二人の衛兵はよほどおかしかったのか、豪放な笑い声をあげた。そして夫に握手を求めた。

「ケビンだ」

「俺はジョン」

「私はゴイチ」

夫の人の心を掌握する技術は大したものだといつも思う。中国でも朝鮮でも、この調子で初対面の人の心をあっという間につかんだ。

「ところで、ゴイチ、今日は何の用だい？　まさか、礼拝のための牧師として来たわけじゃないだろう?」

「軍政局の最高責任者に会わせていただきたい。アメリカに敵意を抱いた市民たちと一気に信頼関係を作り、君たちが計画している聖書の配布計画を成功に導く方法を提案しにきた。知っているよ。聖書を一千万部配って日本の民主化を図る計画を」

「そいつは素晴らしい。だが、俺たちみたいな階級の低い兵が司令官に取り次ぐのはまず無理だ。まあ、しかし、君の提案は魅力的だ。司令官も関心を持つだろう。さて、どうしたものか」

その時だった。護衛官に囲まれた、いかにも階級が高そうな将校が現れた。慌てて二人はマシンガンを持ち直すと、背筋を伸ばして敬礼した。

「あの方は?」

「神はゴイチの背中を押したらしいぞ。お前が会いに来た、軍政局の司令官だよ」

「二階で執務していたが妙ににぎやかじゃないか。いったい何の騒ぎかね」

「はっ、このゴイチと名乗る日本人が司令官に面会を求めて、警備を突破しようとしたのであります」

「なぜ射殺しなかった?」

「はっ、聖書と十字架《ロザリオ》を提示されたのであります。また、あまりにも英語が堪能なため、軍政局へ訪れた目的を聴取しておりました」

ジョンは機転を利《き》かせて、そう説明してくれた。

「ゴイチさんとうかがいましたが、今日は何の御用ですかな？」

「お二人には説明しましたが、アメリカに敵意を抱く多くの日本人と信頼関係を作り、あなた方が考えておられる聖書配布計画を成功に導きたいと考えております。その提案に参りました」

「なかなか面白そうですね。どうぞ中へ。二階が私の執務室になっています。そちらでお話をうかがいましょうか」

九州軍政局の司令官の護衛官たちに脇を固められるように歩いた。私は気が気ではなかったが、吾一さんはどこ吹く風という感じだった。

促されるままビルに入り、階段を上がって二階の司令官の執務室の前まで廊下を歩いた。赤い絨毯が敷いてあった。私たちは日々食べるものも手に入れられないのに、いったいアメリカという国はどれだけ物資が豊かなのだろう。鬼の住処と恐れていたことも忘れて、私は廊下の調度《ちょうど》品《ひん》に目を見張りながら、そんなことを考えていた。

「さ、お入りください」

九州軍政局の司令官がドアを開けてくれたが、護衛官たちに後ろを固められていた。丁寧な物言いだが軟禁《なんきん》されるようなものだ。

「衛兵から英語が堪能とうかがっていましたが、実際驚きました。日系アメリカ人かと思いました」

「そんなことはありませんよ。戦争中は大日本帝国陸軍で無線傍受《むせんぼうじゅ》や暗号解読《あんごうかいどく》を行っていましたから」

とたんに司令官の表情が憎悪に満ちた。そして、護衛官たちが一斉《いっせい》に吾一さんの頭に拳銃を突き付けた。司令官も机の引き出しから拳銃を取り出した。そして吾一さんにピストルを向け、引き金に指をかけた。

「私は紡績工場、縫製工場を営む妻の家に婿養子として入りました。日本がアメリカに宣戦布告した後はどんどん民間の仕事は無くなり、大日本帝国陸軍、海軍の仕事しかなくなりました。司令官、あなたに一つお聞きしたい」

「なにかな?」

司令官は感情的になった自分を恥じるように笑顔を見せた。

「私には妻と四人の子どもがいます。その五人を養えなくなるとしたら、客や商売を選べるでしょうか?」

「難しい質問ですが、理想や正論は捨てざるをえないでしょうね。しかし、それは大日本帝国の暴走から起きたことだ」

「そのとおりです。私は大日本帝国が思想統制のために作った思想警察、通称特高に逮捕されて、数日、暴行を受け続けました。思想信条の自由もなく、抵抗する力もそがれる中で、私たちはどうすればよかったのでしょう？　しかも、日本は選挙制度はあるものの、二十五歳未満の若者や女性には選挙権が与えられていません。この中で何ができたのでしょう」

司令官は葉巻を一本取り出すと、火をつけて煙をくゆらした。

「それで君は我々に何を提案しにきたのだね」

「非常に残念ですが、日本の多くの市民は戦争中の空襲で家族を失い、最低の生活を送るための物資すら失っています」

「それを我々に弁済《べんさい》しろと？　それはダグラス・マッカーサー元帥《げんすい》が決めることだ」

司令官は少しいらだった表情を見せた。

「全てをどうこうすることは無理でしょう。しかし現実はどうあれ、あなたたちが日本を改造して民主化を図り、日本の民間人と信頼関係を作るには、食糧はじめ物資面の援助が信頼関係構築の要《かなめ》と言えましょう。そうでなければ、聖書をいくら配布したところで、日本の民主化は進展しません。現に聖書の中でもイエスはパンを配り、弟子に魚を焼いて与えているではないですか」

司令官は葉巻の煙を大きく吐くと、拳銃をしまった机の引き出しに鍵をかけた。そして柔らかく表情を崩した。

「なるほど説得力がありますね。福岡の市民のみなさんに配布する食糧の調達を急がせましょう」

「その際に聖書を配布するわけです。今は、大日本帝国が強いた検閲《けんえつ》で書籍に飢えています。目を通す人は少なくないでしょう。ところで、司令官。同様に傷ついた民間人が多数おります。医療用品や医師・看護婦の派遣は可能でしょうか？」

「さっそく検討させましょう」

「司令官、恐れながら、もう一つお話してよいでしょうか。子どもたちが雨風をしのぐところもなく、橋の下などで眠っていたりします。建築建材の供与《きょうよ》は検討いただけないでしょうか？」

吾一さんがたたみかけると、司令官は大笑いした。

「まるで旧約聖書のソドムとゴモラを救ったアブラハムの交渉術みたいですね。あなたには負けました」

旧約聖書の創世記という章には、あまりにも不品行な人たちがあふれたソドムとゴモラという町を神が滅ぼそうとする一節がある。アブラハムという人物が、もし、この街に五十人の善良な人物がいるなら滅ぼしてしまうのは理不尽すぎると訴える。神はそれをもっともだとして、街を滅ぼさないことを承諾するが、アブラハムは、四十人の善人がいたら、三十人の善人がいたらと交渉し、最終的には十人の善人がいたら街を滅ぼすことはしないと神に約束させる。吾一さんはそれと全く同じ交渉方法で、軍政局の司令官から必要な物資を全て提供させる交渉に成功したのだった。

「いいでしょう。あなたにはアメリカと日本の信頼関係の構築について策定《さくてい》を検討していただき、通訳、ほかに聖書の配布計画の仕事を手伝っていただきましょう。契約内容は今日中に考えておきます。明日、もう一度お越しいただけますか？」

私は吾一さんと抱き合って笑いあった。

「お二人とも仲がよろしい。素晴らしいことだ」

「ええ、私たちは主イエス・キリストの御前《みまえ》で永遠の愛を誓いましたから」

「実に素晴らしい。マタイによる福音書の五章九節に、平和を作る者は幸いである。その子たちは神の子と呼ばれるとあります。私たちは宗派こそ違えどクリスチャンであることは同じです。聖書の聖句が福岡に実現するよう、祈りましょう」

司令官が突然ポケットから聖書を取り出して祈り始めたので、私たち二人も十字架《ロザリオ》を取り出して祈った。

翌日、夫は九州軍政局から正式に、通訳ならびに都市復興、非戦闘者の救護についてのアドバイザーとして仕事を請け負うこととなった。当然、物資の輸送や衣類の縫製、初めてアメリカ人を見ておびえる市民を説得するために、夫だけではなく男性社員の動員が必要である。社員総出で仕事に当たらなければいけないのは明白だった。

「みんなよく聞け、仕事を取ってきた。これから忙しくなるぞ」

「仕事て、社長、どこに仕事のあっとですか。陸海軍は無くなったとですばい」

「上陸してきたＧＨＱからたい。博多の天神にできた軍政局に乗り込んで仕事をぶんどってきた」

これには男性社員全員、肝をつぶしたようだった。

「こら、たまがった。鬼の住処に乗り込んで仕事を取ってくるげな。社長の肝の据《す》わり方は天《てん》下一品《かいっぴん》じゃのう」

あきれたとばかりに男性社員たちが笑った。待期期間が長かったせいか、ぼんやりムードがただよっていたが、夫は檄《げき》を飛ばした。

「みんな、これから忙しくなるぞ。民間向けの衣類の縫製、ＧＨＱの政策をもとに行う被災家屋の修理、被災民の医療機関への搬送。かなりきつい仕事だが、みんなやれるな？」

「もちろん生活がかかっとりますもん。頭の切れる社長がとってきた仕事やけん、さぞかし、もうかるとでしょう？　待機期間でしっかり精力を蓄えたけん、稼ぎまくるばい」

うねりのような男たちの叫びの中、女性社員たちの喜びの声も高く響いていた。

「そうそう、うちと社長から、高女のみんなにはお礼があるとよ」

私の工場には、軍需物資を製造するために、戦争終結前の法律に基づいて、女子学生が無償で働いていた。その子たちを集めると、私は言葉を続けた。

「英恵ちゃんと倫子ちゃん、もんぺにこっそりお花の刺繍《ししゅう》を入れとったでしょう?」

私から指摘されて、二人とも顔色を変えた。罰せられると思ったのだろう。二人ともそれ以上何も言わなかった。

「いいんよ、もう隠さんでも。女の子がおしゃれしたいのは当たり前たい。おばちゃんね、みんなのためによか布をもろてきたけん、夏物のワンピース縫ったんよ。五十着、早いもの勝ち。さ、みんな気に入ったものを取らんね」

さほど派手ではないが、もんぺよりはカラフルな生地で縫ったワンピースが入った箱を作業台に置いた。勤労動員の女子学生たちは歓声をあげながら、ワンピースを取り合った。

「あっちの部屋なら、内側から鍵がかかるけん、みんなで着替えてきたらよかたい」

みんな小走りでとなりの部屋に駆け込んだ。そして、華やかなワンピースに着替えた彼女たちはしずしずと、大人に向かう年ごろの女性になって部屋から出てきた。

「こらまた別嬪さんばっかりじゃのう。朝顔の咲いたごたる」

「もうちいと気の利《き》いたことば言えんとや。そげなこっちゃけん、お前はおなごからもてんとたい」

集まっていた社員の笑い声の中、吾一さんが言葉を割った。

「みんな静かに。勤労動員のみなさん、本当にお疲れ様でした。高等女学校から授業を再開すると連絡がありました。みなさんは明日から学校へ戻って学業に励《はげ》んでください。本当にいろいろなことがあって、辛かったと思います。ささやかですが、これは私からの贈り物です」

贈り物と聞いて、高女の学生たちは慌ててバッグを開けた。

「バッグは通学用に使える革製のバッグ。万年筆とノートを十冊、国語辞典、英和辞典を入れておきました。これからは英語が必須《ひっす》になる時代です。特に頑張って勉強してください。そして、もう一つの薄い布袋はお楽しみ袋です。陸軍からせしめた追撃錠、ようかん、砂糖などを入れておきました」

「追撃錠って？」

「キャラメルのことたい」

そのことを聞いて、さっそく袋をあけてキャラメルを口にする子もいた。戦争とは本当にむごいものだ。まだ、こんな幼さを残した子どもまで巻き込むのだから。

「はいはい、静かに。これから全員の給料を配りますから、一人ずつ取りに来てください」

高女の学生たちは夫の言葉の意味がわからないようだった。

「社長、うちらはお国のために奉仕に来たとですよ。お給料なんてもらったらバチがあたります」

「もう時代は変わった。天皇陛下の御言葉を聞いただろう。みんなで力を合わせて、この国を再び立派な姿にしてほしいと。これからは時代が変わる。働いたらお金をもらう。男も女も関係ない。だから、君たちは給料を受け取る権利がある。学費に使ってもいいし、お父さま、お母さまにお渡しして、生活のお金にしてもいい。未来のために貯金してもいいだろう。君たちはもう子どもではない。そのことは自分で決めなさい」

まるで卒業証書を受け取るように一礼して給料を受け取る彼女たち。いや、これは卒業式なのかもしれない。彼女たちだけでなく、我々全員が軍国主義から卒業するのだろう。

次の日からは忙しくなった。夫以外にも英語が堪能な社員がいたため、通訳をかねて、初めてアメリカ人を見ておびえる市民たちを説得することから仕事は始まった。軍政局のアメリカ兵も行く先行く先が全て焼野原で、まだ片づけられていない遺体も街のそこかしこに放置されていた。アメリカ兵たちは、自分たちが命令にしたがって行った軍事作戦がどのような結果を生んだか、目の当たりにして心を傷めたようだった。そのことの良心の呵責が表情に現れたのか、言葉は理解できないが、アメリカ兵が福岡の市民に敵意を持っていないことは次第に伝わるようになったらしい。毎回巡回してくる軍政局のアメリカ兵に親しく話しかける者も増えてきた。

「先生、お願いのあっとですけど」

「なんですか?」

戦時中からうちの工場の近くに住む男が吾一さんに話しかけた。正直、私はこの男が好きではない。こそこそと夫のことを非国民だのなんだのと悪口を言っていたからだ。

「もうすぐ、うちの嫁が産気《さんけ》づくごとあるとですたい。九州帝国大学病院まで行っても、薬も無かし、子どもを取り上げられる先生も少なかかけん、産み月まで間に合わんと言われたとですよ。なんとかアメリカさんに頼んでもらって、よかお医者さんに子どもば取り上げてもらえんでしょうか」

「そうですか、それは大変ですね。軍政局の衛生部に相談してみましょう」

「ありがとうございます。恩に着ますばい」

男はそれだけ告げると、気まずそうに路地《ろじ》を曲がって家へ戻っていった。

「戦時中は非国民と言われていたが、先生とは、私も出世したもんだ」

「あなたは言ったじゃありませんか。勝てば官軍だって」

「まだ覚えていたのか」

「忘れるわけがないじゃないですか。ベルリンのあの日のことを。あの日とあなたの言葉があったから、今があるんですから」

吾一さんは照れくさそうに私の肩を抱いた。

私たちは私たちで、軍政局から請け負った仕事以外にも、空襲の被災者や朝鮮・満州などから引き揚げて来た人たちへの炊《た》き出《だ》しに追われた。ＧＨＱ当局と約束したからだ。中には、医療が必要な者もいるし、食事はとれるものの数日の休息が必要な者も珍しくなかった。私と夫は工場の一部を寝室として開放し、また、医師に常駐してもらっていた。その際に聖書を渡していたが、書籍じたいが少ない時代である。目を通してもらうことは大きな成果だった。郊外での復興作業と聖書の配布、そして、午後からは工場での炊き出しと負傷者や被災者の救護と、非常に忙しかったが充実していた。なにより生活の見通しが立ったことも大きかった。

ところがある日、事件が起こった。炊き出しの列の中に、夫に拷問を加えた特別高等警察の警察官を見つけたのだ。よくも人の夫を半殺しの目に遭わせてぬけぬけと……。私は頭に血が上り、づかづかと近寄ると、その警察官をつきとばした。

「あんた！　よう厚かましく、食べ物を分けてくださいとか、言いにこれたもんたい。忘れたちゃ言わせんばい。あんた、うちの主人を証拠もないのに警察に引っ張って、半殺しの目に遭わせたろうが。そんな人の道から外れるような真似ばしとって、自分が困ったら食べ物を分けてくださいちゃ何事ね」

「よさんか、馬鹿ものが！」

夫の激昂は意外だった。私はなぜ叱られたか、さっぱり理由がわからなかった。

「だって、あなたを半殺しの目に遭わせた人間ですよ。恨みつらみの言葉の一つも出てきて当然でしょうが」

「ちょっとこっちに来い」

私は夫に上着の袖を引っ張られて、炊き出しの列から外された。

「よく見ろ。男が炊き出しに子どもを二人も連れて並ぶわけがなかろうが。おそらく博多大空襲やらで奥さんが亡くなったとたい」

夫にそう言われて警察官に目をやると、怯《おび》えた目をした女の子が二人、私を見ていた。

「アサエ、よく考えなおせ。それがお前が教えてくれたキリストの慈悲なのか？　今のお前の目には憐《あわ》れみの涙など一滴もない」

よく考えると、結婚生活の中で夫から叱られたのは後にも先にもこれだけだった。なんともバツが悪い中、そのまま立ち尽くしていた時だった。

「どうしたらよいと思いますか」

「え？」

心の内側から響いてきた不思議な声。私は茫然《ぼうぜん》としたままだったが言葉は続いた。

「あの子どもたちに何をすべきだと思いますか？」

「聖母様……」

間違いない。私は聖母マリアの戒めの声を聞いたのだ。恨みを抱いた警察官のことなどそっちのけで駆け寄って、その場にしゃがんで、二人の女の子を抱き上げた。

「ごめんね、おばちゃん怖かったね。もう大丈夫やけんね。今日からはぬくいごはんを食べて、お父さんと一緒に寝られるけんね」

二人とも明らかに様子がおかしかった。妹らしき子はとうに授乳《じゅにゅう》の時期を過ぎていると思われたが、私の乳房を吸おうとする。私は人目もはばからず、着物の衿《えり》をずらして、妹らしき子に乳房を含ませた。満足気に穏やかな表情で乳を吸う子、それに対して、姉らしき子はまったく無表情のままだった。

「どげんしたと？　おなかがすいたとね、ね？」

私があやしてもまったく表情が変わらないことを申し訳なく思ったらしい。警察官が重い口を開いた。

「その子は口がきけんとです。医者が言うには、博多大空襲の時に母親が焼け死ぬのを目の前で見たからやないかと……」

その言葉を聞いて、一時の感情で激昂した自分の罪を私は思い知った。私怨《しえん》をたぎらせ、私はこの罪もない子の心の傷をさらに深くえぐったのだ。

「ああ、ああ、聖母様。私をこの子の母にしてください。何の罪もない子がなんでこげなひどい目に遭わんといかんとですか。この子たちは母を求めて泣いとります。どうか私の願いを聞き届けてください」

その時だった。奇跡としかいいようがない瞬間を私たちは見た。

「お……おかあさーん！」

まったく話すことができなくなってしまっていた子が大声をあげて泣き始めたのだ。

「よーしよし、もう心配せんでよか。ここはたくさん、お母さんがおるけんね」

私が二人の子をあやして、落ち着き始めた時だった。その場にいた女たちが交代でその子を抱いてあやした。何を思ったのか、警察官は意を決したように、額に土をこすりつけて土下座した。

「申し訳ありませんでした。あの時は、わしは公務とはいえ、人の道に外れたことをしました。覚悟はできとります。わしはここで殺してもらって構わんです。腹を切れと言われれば切ります。ですが、なんとか、なんとか、娘たちだけは、娘たちだけは助けてもらえんでしょうか。後生《ごしょう》ですたい」

「きさまぁ、立て！　立たんか！」

いつもの穏やかな口調《くちょう》とは程遠《ほどとお》い、吾一さんの一喝《いっかつ》する声。警察官がおそるおそる顔を上げると、吾一さんは襟首《えりくび》をつかんで警察官を立たせた。

「男が簡単に土下座なんぞするもんじゃない」

吾一さんは男の両肩を抱いた。そして肩をゆすりながら、警察官の目を強く見つめた。

「生きろ、生き抜け。生きて生きて、生き抜け」

いつも冷静で物静かな夫とはまるで違う、迫力に満ちた声だった。私だけでなく、工員たちも息を呑んだ。

「生きて、生きて、生き抜け。生き抜いて、あなたは娘さん二人を育て上げる義務がある」

どのような心情が去来《きょらい》しているのだろう。警察官は声をあげて泣き始めた。

「泣いとる場合か。生き抜いてたたかえ。わしらの戦争はこれからじゃ。女房子どもを養って、この国を再建せんといかん。次にあんたが泣く時は娘さんの結婚式じゃ。それまで涙をこらえて懸命に働け」

「はい、本当にありがとうございます」

工員二人に支えられて、警察官が娘さん二人と宿舎に連れられて行くのを見届けた後だった。工場の隅にそびえた桜の木に止まった蝉が鳴き始めた。

「あなた、本当にすみませんでした」

特高のお子さんの前で声を荒げたことをわびたが、夫はあっけらかんとしていた。

「あの蝉が止まった桜の木は、来年の春は花が咲くと思うか?」

「はい」

「その次の年も、そのまた次の年も、そのまた次の年も咲くと思うか?」

「はい、きっときれいでしょうね」

「そのころには今の混乱は必ず収まっている。いや、この混乱も笑い話になってるだろうな。何も心配するな。しばらく忙しいが一日一日を大事に生きていこう」

「はい」

不意に夫から肩を抱き寄せられた。ベルリンにいた時のように、大連にいた時のように、朝鮮にいた時のように。夫が言うように、いつかきっと今日の困難は笑い話になる時がくるだろう。私は不思議な安心感の中、蝉の声を聞いていた。


やがて戦争の混乱は徐々におさまった。福岡からもGHQとその配下の軍政局も撤退した。工場に身を寄せていた人たちも故郷へ戻っていった。配偶者を失った者同士がこの工場で出会って再婚する人たちもいた。夫が教鞭《きょうべん》を執《と》っていた、被災児童たちの初等・中等教育を担っていた工場内の私学も役目を終えることとなった。

その後、朝鮮戦争が始まり、世間は一気に景気が良くなり、沸き立っていた。だが私は、京城でユナの家族たちと穏やかな食卓を囲んだ日が壊れていくことばかり頭に浮かんでいた。何度も何度も連絡を取ろうとした。だが朝鮮戦争は、アメリカとソ連、中国といった大国が背後についた戦争である。結局、ユナと連絡を取ることは叶わなかった。

それから、どれくらい経っただろうか。「もはや戦後ではない」と言われ、世間が好景気に沸く中、私たちの縫製工場は経営が右肩上がりとは言えなかった。老朽化ということもあるうえに、若手の養成ができなかったこともある。

そして、とうとう東京オリンピックの年に火災で焼失してしまった。弟たちや息子たちが再建に挑むこともなかったため、会社は解散した。工場跡地はアパートにして賃貸料と年金で、私たち夫婦はつつましく暮らしている。全ては昔語りになり、一棟だけ残した家は、年老いた私たちの穏やかな生活を紡ぐばかりだ。この穏やかな生活が孫の代まで続くことを心から祈っている。その願いが必ず叶いますように。孫が若かりし日の私たちと同じ轍《てつ》を踏んで、涙を絞り出すことのないように。

居間から夫と孫の声が聞こえた。ちょうどスイカが冷えたころだ。この日記はしまって、まずはスイカを切り分けよう。あの暑かった敗戦の日に、夫と工員のみんな、勤労動員のみんなでこっそりスイカを口にした。この上なく美味しかったが、もうあのような味を経験する人が現れないことを祈ろう。

＊　　＊

【参考文献】

■横濱税關編『横濱港概覽』横浜税関、一九三〇年
■高等女学校研究会編『高等女学校資料集成　別館　高等女学校の研究』大空社、一九九〇年
■高等女学校研究会編『高等女学校資料集成　第一巻　法令編』大空社、一九九〇年
■文部省編『学制百年史　記述編』帝国地方行政学会、一九七二年
■文部省編『学制百年史　資料編』帝国地方行政学会、一九七二年
■辻直人『近代日本海外留学の目的変容―文部省留学生の派遣実態について』東信堂、二〇一〇年
■日本旅行協会編『西伯利経由欧亜聯絡旅行案内』日本旅行協会、一九三六年
■『近代欧米渡航案内記集成　第一二巻　欧羅巴案内』ゆまに書房、二〇〇〇年
■橋本紀子『男女共学制の史的研究』大月書店、一九九二年
■関東局官房文書課編『関東局施政三十年史』関東局官房文書課、一九三五年
■木之内誠・平石淑子・大久保明男・橋本雄一『大連・旅順歴史ガイドマップ』大修館書店、二〇一九年
■『満州古写真帖』新人物往来社、二〇〇四年
■小牟田哲彦『大日本帝国の海外鉄道』東京堂出版、二〇一五年
■大連商工会議所編『大連商工名録　昭和三年』大連商工会議所、一九二八年
■笠原十九司『日中戦争全史　上・下』高文研、二〇一七年
■代珂『満洲国のラジオ放送』論創社、二〇二〇年
■加藤陽子『満州事変から日中戦争へ（シリーズ日本近現代史5）』岩波新書、二〇〇七年

■川田稔『昭和陸軍全史一　満州事変』講談社現代新書、二〇一四年
■中塚明『増補改訂版　これだけは知っておきたい日本と韓国・朝鮮の歴史』高文研、二〇二二年
■川田文子『新版　赤瓦の家』高文研、二〇二〇年
■A・B・シェスタコフ、安井祥祐訳『ソヴィエトCCCPの革命と歴史』明窓出版、二〇一五年
■「防空法と街並み」(『建築知識』二〇二三年三月号、エクスナレッジ)
■有馬学・石瀧豊美・小西秀隆『福岡県の近現代』山川出版社、二〇二一年
■アメリカ戦略爆撃調査団聴取書を読む会編『福岡空襲とアメリカ軍調査―アメリカ戦略爆撃調査団聴取書を読む』海鳥社、一九九八年
■思想の科学研究会編『共同研究　日本占領軍その光と影　下巻』現代史出版会、一九七八年
■レイ・ムーア編『天皇がバイブルを読んだ日』講談社、一九八二年
■平井美津子・山元研二『「近現代史」を子どもにどう教えるか』高文研、二〇二四年
■徐京植「母を辱めるな」(『日本リベラル派の頽落』高文研、二〇一七年)

あとがき

本作は、祖母が口ぐせのように話していた日中戦争・アジア太平洋戦争について、調査取材を重ねて書き上げたものです。さすがに八十年以上も前のことになると、調査取材は大変で四年近い時間を要しました。

作品として書き上げるのが困難だったのは、もう一つ理由があります。祖父が過去について、ほとんど語ることがなかったからです。本作では、祖父が次々と降りかかるピンチをはねのけるエピソードが満載で、胸がすく思いで読んでいただいた方もいるかと思います。今となっては知る由《よし》もありませんが、祖父のその成功の影には、つもり重なった小さな失敗や挫折が山ほどあったのでしょう。そのことが事実なら、祖父が寡黙《かもく》であったのもうなずける気がします。

祖父母はこの時代には珍しく恋愛結婚をし、祖父は研究者から転向してサラリーマンになり、子どもを育て上げました。本作をご覧いただくと、祖父母の人生の節目節目に困難が待ち受けており、ドラマティックな展開のように見えるかもしれません。ですが、これらのことは私たちがいま当たり前に受け取っていることなのです。好きになった人と結婚し、家庭を築き、おいしい食事をし、子どもたちを育て上げる。たったこれだけの自由を得ることが困難だった時代があったことを決して忘れてはいけないでしょう。

そしてもう一つ。この不自由をもたらした大きな要因の一つである「戦争」は、私たちが知らない間に生活の中にもぐりこみ、火を噴くということです。

この本が上梓《じょうし》されるいまも、ウクライナとロシア、ガザの戦闘が激化し、食料品が値上がりするなど、私たちの生活にも大きな変化が起きています。この物語の主人公である祖父母が、大日本帝国の戦争に巻き込まれたことを考えれば、いまを生きる私たちが戦争に無関心でいれば、この物語の後半に展開された惨劇に再び巻き込まれる可能性も否定できないのではないかと考えています。

さらにもう一つ。私たちの命は、私たちだけのものではないということです。この物語の祖父母が機転をきかせてあの戦争を生き抜いてくれなかったら、私の母は生まれていません。その子どもにあたる私もそうですし、私の子どももそうです。私たちは、命のバトンを絶えさせないためにも、生きて生きて生き抜き、そして戦争を阻止する義務があると思うのです。

本作は胸が熱くなるラブストーリーと、ピンチを次々とはねのける痛快な作品として読んでいただけると嬉しいです。同時に、二人がたどった苦難の道のりを、自分自身を含め、周囲の大事な人たちに味わわせない方法を少しだけ考えていただければ幸甚《こうじん》に存じます。

最後に、本作に共感いただき、人気マンガ作家として活躍されていながら、お忙しい合間を縫って表紙イラストを寄稿いただいた、漫画家のつぶらけい先生には改めて御礼申し上げます。

二〇二四年一一月一日

松沢　直樹

松沢　直樹（まつざわ　なおき）

1968年福岡県北九州市生まれ。ジャーナリスト・著述家。

主として、食料ロス問題、貧困問題、労働問題を取材。

主な著書として『おっさんず六法』（飛鳥新社）、『食費革命―さらば、「節約主義」』『うちの職場は隠れブラックかも』（ともにディスカバー21）。

本作が、日中戦争・アジア太平洋戦争を描写したはじめての小説作品となる。

大陸を駆ける十字架
――日中戦争・アジア太平洋戦争を生きた女の日記

●二〇二四年一二月八日――――第一刷発行

著者／**松沢　直樹**

装画／**つぶらけい**

装幀／**中村くみ子**

発行所／**株式会社　高文研**
東京都千代田区神田猿楽町二―一―八
三恵ビル（〒一〇一―〇〇六四）
電話03＝3295＝3415
https://www.koubunken.co.jp

印刷・製本／精文堂印刷株式会社

★万一、乱丁・落丁があったときは、送料当方負担でお取りかえいたします。

ISBN978-4-87498-899-2 C0021